冲天香阵

CHONGTIAN XIANGZHEN

历代诗人笔下的菊

梅庆吉 编著

大连出版社
DALIAN PUBLISHING HOUSE

图书在版编目(CIP)数据

冲天香阵:历代诗人笔下的菊/梅庆吉编著. —大连:大连出版社, 2010.10

ISBN 978-7-80684-997-2

Ⅰ.①冲… Ⅱ.①梅… Ⅲ.①古典诗歌—作品集—中国 Ⅳ.①I222

中国版本图书馆CIP数据核字(2010)第167422号

出 版 人：刘明辉
策划编辑：刘晓媛
责任编辑：刘晓媛
封面设计：张 金
版式设计：刘晓媛
责任校对：金 琦
责任印制：刘振奎

出版发行者：大连出版社
地址：大连市西岗区长白街12号
邮编：116011
电话：0411-83620674/83620941
传真：0411-83610391
http://www.dl-press.com
E-mail:cbs@dl.gov.cn
印 刷 者：大连图腾彩色印刷有限公司
经 销 者：各地新华书店

幅面尺寸：170mm×235mm
印 张：13
字 数：180千字
印 数：1～3500册
出版时间：2010年10月第1版
印刷时间：2010年10月第1次印刷
书 号：ISBN 978-7-80684-997-2
定 价：42.00元

目录

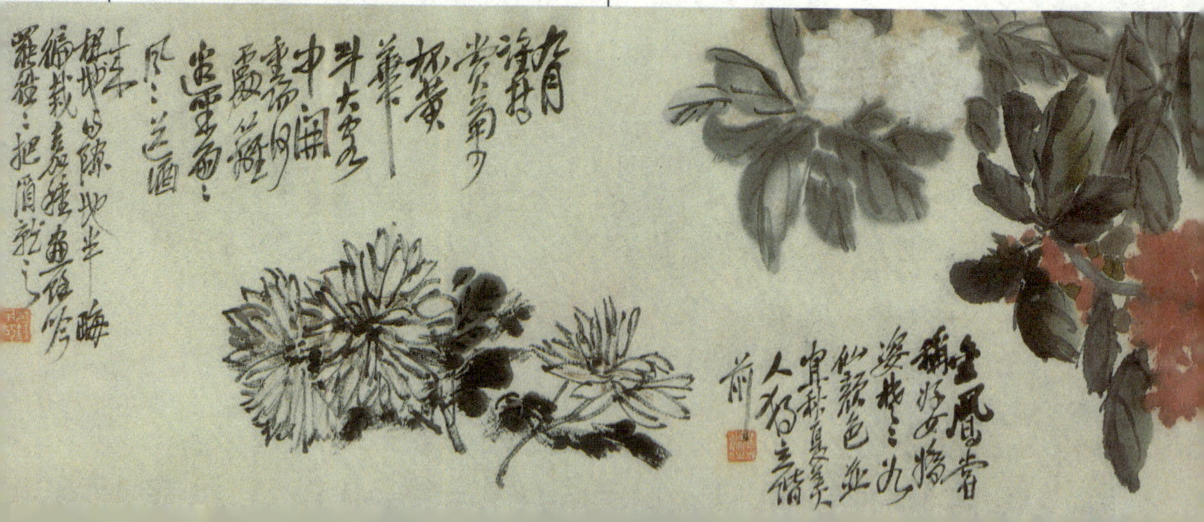

咏菊

[东晋]袁山松①

灵菊植幽崖②，擢颖陵寒飙③。
春露不染色，秋霜不改条。

【难点疏通】

①袁山松(?～401)：字桥孙。陈郡阳夏(今河南太康)人。曾任吴郡(今江苏苏州)太守。博学有文才，擅长音乐，著有《后汉书》百篇，今遗失。 ②灵菊：富有灵气的菊花。 ③擢颖：抽出嫩芽。擢，拔。颖，嫩芽，芽尖。 寒飙：寒冷的狂风。

【诗义解说】

富有灵气的菊花生长在幽僻的山崖间，冒着凛冽的寒风抽出了娇嫩的新芽。春天的露水落下不会给它染上色彩，秋天的寒霜降临它仍会开出艳丽的鲜花。

宋·赵佶《芙蓉锦鸡图》

赵佶，即宋徽宗(1082～1135)，北宋倒数第二个皇帝，号宣和主人、教主道君皇帝、道君太上皇帝。擅长楷、草书及山水、人物、花鸟、墨竹画，擅长婉约词，书法创“瘦金体”。画上锦鸡的神态传神，全身毛羽颜色鲜丽。芙蓉枝叶俯仰倾斜，每一片叶子均不重复，耐人寻味。图下方点缀着几枝菊花，增添了构图的错综复杂，渲染了金秋的气氛。用笔精娴熟练，双勾设色细致入微，空间分割自然天成，别具一格。

饮酒二十首之五 [东晋]陶渊明①

结庐在人境②，而无车马喧。
问君何能尔③，心远地自偏④。
采菊东篱下，悠然见南山⑤。
山气日夕佳⑥，飞鸟相与还⑦。
此中有真意⑧，欲辨已忘言⑨。

【难点疏通】

①陶渊明(约365～427)：一名潜，字元亮，一字渊明。自号五柳先生，卒后亲友私谥靖节。浔阳柴桑(今九江市)人，东晋末期南朝宋初期诗人、辞赋家、散文家。曾任彭泽县令，到任八十一天，因不愿“为五斗米折腰”，遂去职。 ②结庐：建造居室。人境：人间，世间。 ③君：陶渊明自指。尔：这样，如此。 ④心远：心远远地摆脱了世俗。地自偏：即使居住闹市，也如同居于僻静之地。 ⑤悠然：自得的样子。见：通“现”。 ⑥日夕：傍晚。 ⑦相与还：结伴而归。 ⑧真意：人生的真正意义。 ⑨欲辨：想要辨别出来。忘言：忘记了该怎样用语言表达。

【诗义解说】

虽然把住房建造在人世之间，可那里却没有车马的闹喧。要问我为什么能够这样，因为我的心远离尘世无论住在哪里都感到安闲。我在东边的篱笆下采摘一把菊花，南山十分自然地出现在眼前。山中的气息到了晚上更加宜人，飞翔的鸟儿相互结伴飞回了家园。这里面有真正的人生意义，想要把这种感觉说出来却找不到合适的语言。

宋·佚名《菊丛飞蝶图》

图中各种颜色的菊花簇拥在一起，姹紫嫣红，争奇斗艳。一只蝴蝶从左上飞来，一只蜜蜂从右下飞来，还有一只蝴蝶早已紧紧抱住红菊在尽情吸吮，极度状写了花的香气浓烈。精于设色，鲜花浓淡过渡自然，叶用黄绿、深绿、浅绿等色搭配，以区分正反向背。左上方的蝴蝶用黑、白、褐三色渲染，尤其是黑白交错，极富跳跃感。

饮酒二十首之七 [东晋]陶渊明

秋菊有佳色，裛露掇其英[①]。
泛此忘忧物[②]，远我遗世情[③]。
一觞虽独进[④]，杯尽壶自倾。
日入群动息，归鸟趋林鸣。
啸傲东轩下[⑤]，聊复得此生[⑥]。

【难点疏通】

①裛：通“浥”，沾湿。掇：摘取。英：花。 ②泛：这里有纵情之意。忘忧物：指酒。 ③遗世情：放弃尘世之情。 ④觞：酒杯。 ⑤啸傲：放声长啸，傲然自得。轩：窗。 ⑥聊复：姑且如此。得此生：意谓不为外物所役，按自己的意愿自由生活。

【诗义解说】

秋天的菊花有着美丽的颜色，趁着盛开之时来采摘带着露水的花英。尽情地饮上一杯这让人沉迷的美酒，因为是它帮助我远离了世俗之情。端起酒杯只有我自己一人在自斟自饮，杯子空了拿起酒壶再倒上一盅。太阳落山后一切都归于寂静，归巢的鸟儿一边鸣叫一边飞回树林。在东窗下发出一声长长的呼啸，值得庆幸的是能够按照自己的意愿度过一生。

宋·佚名《写生草虫图》

此图构图十分巧妙，从右下向左上伸出两株野草、一枝菊花，其中草叶上落着一只白色蝴蝶，尽情地享受着叶上的汁液。左上一只蜻蜓，下方一只蚱蜢，正向这束花草奔来，以显示它的鲜嫩与可爱。图用花青加汁绿填草叶，花瓣用没骨法，蝴蝶、蜻蜓、蚱蜢工写兼用，细腻工致，疏密有度，主次分明。

和郭主簿二首之二

[东晋]陶渊明

和泽周三春①，清凉素秋节②。
露凝无游氛③，天高肃景澈④。
陵岑耸逸峰⑤，遥瞻皆奇绝。
芳菊开林耀⑥，青松冠岩列。
怀此贞秀姿⑦，卓为霜下杰⑧。
衔觞念幽人⑨，千载抚尔诀⑩。
检素不获展⑪，厌厌竟良月⑫。

【难点疏通】

①泽：雨水调和。周：遍。三春：指春天的三个月。 ②素秋：秋季。五行讲秋属金，其色白，故称素秋。 ③游氛：飘浮的雾气。 ④肃景：古人认为秋有肃杀之气，因此称秋景为肃景。 ⑤陵岑：高岭。逸峰：高峰。 ⑥开林耀：开在山林中的菊花光彩夺目。⑦贞秀：坚贞秀异。 ⑧卓：挺立的样子。 ⑨衔觞：饮酒。幽人：指隐者。 ⑩抚尔诀：坚持着你们的原则。抚，坚持。尔，指幽人。诀，法则，原则。 ⑪检素：自检平时的情怀。 ⑫厌厌：长久之意。竟：终。良月：清秋的明月。

【诗义解说】

这一年的春天风调雨顺，到了秋天气候就变得清凉。露水结为白霜没有一点儿雾气，天空晴明秋季的景色一派清爽。高高的山峰耸入云霄，远远望去无不挺拔峻朗。芬芳的菊花开在树林之中，青松高高挺立在山岩之上。它们无不具有坚贞秀美的姿态，真可称得上霜下的豪强。端起酒杯思念那隐居的高人，千年以后我仍坚持着你们的主张。回想起自己平素的胸怀无法得到伸展，这种郁闷的心情整月不得释放。

宋·佚名《丛菊图》

图上绘有一组茂密的菊丛，在绿叶衬托下有红有白，十分艳丽。花瓣用笔工细，颜色配以朱红或白粉，用细笔绘出花蕊，叶子或赭石，或汁绿，或藤黄，颜色多姿多彩。花朵有欲开、正开、将败等不同层次，叶子则翻卷、转折、明暗，十分精到，颜色艳而不俗，画面繁而不乱。

答休上人菊诗 [南朝·宋]鲍照[①]

酒出野田稻，菊生高冈草。
味貌复何奇[②]，能令君倾倒。
玉碗徒自羞[③]，为君慨此秋。
金盖覆牙柈[④]，何为心独愁？

【难点疏通】

①鲍照(约415～470)：字明远。本籍东海(今山东省郯城县)，青少年时代约在京口(今江苏镇江)一带度过。曾任国侍郎、中书舍人、秣陵令等官职。诗文在生前就颇负盛名，诗、赋、骈文都不乏名篇，但成就最高的是诗。与谢灵运、颜延之合称“元嘉三大家”。②味貌：味指酒，貌指菊。③徒：白白地。羞：美味佳肴。④金盖：用金色装饰的车盖。牙柈：精美的装食物的盘子。柈，通“盘”。

【诗义解说】

美酒是由野地里的稻谷酿造而成，菊花则生长在高冈上的草丛之中。酒的味道花的样子都是那样的奇特，这些足可以让您一见倾心。玉制的碗中白白地装满了美味佳肴，我为您感叹的是这个秋景。有金饰的车盖和精制的盛美味的盘子，您为什么还要独自愁苦烦闷？

宋·佚名《胆瓶秋卉》

花架上立着一个胆瓶，胆瓶里插着几枝菊花，叶子茂盛而花朵繁多。左侧题诗一首：“秋风融日满东篱，万叠轻红簇翠枝。若使芳姿同众色，无人知是小春时。”这首题诗与胆瓶里的菊花各占半壁江山，构图极为别致。叶之正反向背各不相同，花的轮廓用细笔勾勒，又用柔和色彩渲染，尽显菊花的高雅风骨。

采菊篇

[南朝·梁]萧纲[1]

日精丽草散秋株[2]，洛阳少妇绝妍姝[3]。
相呼提筐采菊珠，朝起露湿沾罗襦[4]。
东方千骑从骊驹[5]，更不下山逢故夫[6]。

【难点疏通】

①萧纲(503～551)：即南朝梁简文帝，字世缵，小字六通，南兰陵中都里(今江苏常州西北)人。侯景之乱中被迫登位，在位两年，被弑。世祖即位后，追谥为简文皇帝，庙号太宗。他的文才很好，但多为轻靡绪艳的文辞，格调低下，被称为“宫体”。 ②日精：太阳。 ③绝妍姝：十分少见的美女。妍姝，美女。 ④罗襦：绸制的短衣。 ⑤“东方”句：化用汉乐府《陌上桑》诗句：“东方千余骑，夫婿居上头。何用识夫婿？白马从骊驹。”骊驹，纯黑色的马。 ⑥下山逢故夫：出自汉乐府诗《上山采蘼芜》。这两句是说，因忙于采菊花，丈夫来了也没有时间去相会。

【诗义解说】

阳光照在秋天美草上面，洛阳的少妇个个长得漂亮。她们结伴提着筐到山上采摘菊花，早晨起来露水打湿了衣裳。从东方来了许多骑着黑色骏马的人，但是她们没时间下山来会自己的情郎。

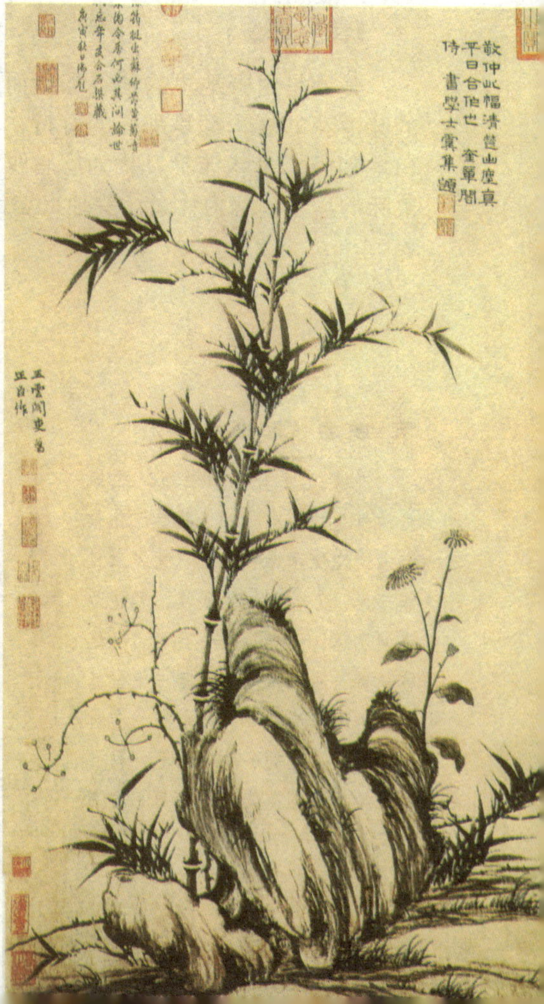

元·柯九思《晚香高洁图》

柯九思(1290～1343)，字敬仲，号丹丘生，别号五云阁吏，元代文物鉴藏家、画家。浙江仙居人。博学能文，善画墨竹，长于画山水、人物、花卉，画大树枝干，皆以一笔涂抹，不见有痕迹。苍松翠柏，林木烟梢，古气磅礴，别有淡逸之趣。图绘一拳巨石旁翠竹挺立，迎风招展。左有两株荆棘，右有一株菊花与之相配。石下野草点缀。石的纹理用披麻皴写出，石下野草用浓墨，以示稳定。用浓淡不同的墨色表示竹叶的向背，层次分明，笔力浑厚。

摘园菊赠谢仆射举

[南朝·梁]王筠[1]

灵茅挺三脊[2]，神芝曜九明[3]。
菊花偏可喜，碧叶媚金英[4]。
重九唯嘉节[5]，抱一应元贞[6]。
泛酌宜长久[7]，聊荐野人诚[8]。

【难点疏通】

①王筠(481～549)：南朝·梁文学家。字元礼，一字德柔。祖籍琅邪临沂(今属山东)人。曾任昭明太子萧统的属官，梁武帝中大通三年(531)出为临海太守，还京后任秘书监、太府卿、度支尚书、太子詹事等职。侯景之乱，坠井而亡。 ②茅：即菁茅，古代帝王祭祀封禅时用来滤酒去滓。三脊：三条棱。《汉书·郊祀志上》：“江淮间一茅三脊，所以为藉也。” ③神芝：即灵芝。曜：照耀，辉映。九明：九天。 ④金英：指菊花的花朵。⑤重九：指九月九日重阳节。 ⑥抱一：道家指专精固守不失其道。一，指道。元贞：元亨利贞的简称。元亨利贞为乾卦的四德。孔颖达疏：“元，始也；亨，通也；利，和也；贞，正也。” ⑦泛酌：亦称“泛酒”。古人用于重阳或端午宴饮的酒，多以菖蒲或菊花等浸泡，因称泛酌。 ⑧聊荐：姑且献上。野人：原指未开化的粗野之人，后也指隐逸者。

【诗义解说】

灵茅已经长出了三条棱，灵芝把九天照耀得十分通明。惟有菊花偏偏让人感到可爱，碧绿的叶子衬托着金色的花英。九月九日重阳节是个美好的节日，此时盛开的菊花体现了精诚专一的品性。应该长久地饮用这美好的菊花酒，用来表达野人的一片真诚。

明·徐霖《菊石野兔图》

徐霖(1462～1538)，明代戏曲作家、书画家。字子仁，号九峰、髯仙。长洲(今江苏苏州)人，一说华亭(今上海松江)人。性格倜傥、豪爽，工书法，善绘画。填曲富有才情，且颇精格律，与散曲作家陈铎在当时并有“曲坛祭酒”的称号。图上一块湖石居于中心位置，棱角分明，挺拔劲秀。石后菊花翠竹丛聚，菊花色彩艳丽，翠竹劲健有力。石下一兔，正在回头观望，好像听到了什么声音，十分生动。湖石用浓淡不同的墨色连皴带染，给人以生动的质感。竹叶和菊花均用双勾，刻画细腻。

赋得残菊

[唐]李世民[①]

阶兰凝曙霜，岸菊照晨光。
露浓晞晓笑[②]，风劲浅残香[③]。
细叶凋轻翠，圆花飞碎黄。
还将今岁色，复结后年芳[④]。

【难点疏通】

①李世民(599～649)：即唐太宗，在位二十三年，唐朝第二代皇帝，军事家、政治家、书法家和诗人。在位期间国泰民安，社会安定，经济发展繁荣。后人称他在贞观年间的统治为“贞观之治”。②晞：晒干。③浅：微弱。④复：再。

【诗义解说】

台阶前的兰花笼罩在一片曙光中，岸边的菊花映照在早晨的阳光里。浓浓的露水被晒干后菊花才露出笑容，猛烈的北风吹来散发着淡淡的香气。细细的叶子还是青翠的时候就凋落下来，圆圆的金黄花瓣在空中舞起。还要将今年的景色，再凝结成来年的芬芳四溢。

清·佚名编《诗画舫》

画上一束纤枝，枝头两朵菊花，一向上仰，一向右斜，向人们展示了花朵的不同侧面，同时也拉开了空间距离。底部一方湖石，棱角分明，几束小草，显示着勃勃生机。同时配以李世民的诗句“细叶凋轻翠，圆花飞碎黄”，使一幅简单的小画充满了诗情画意。

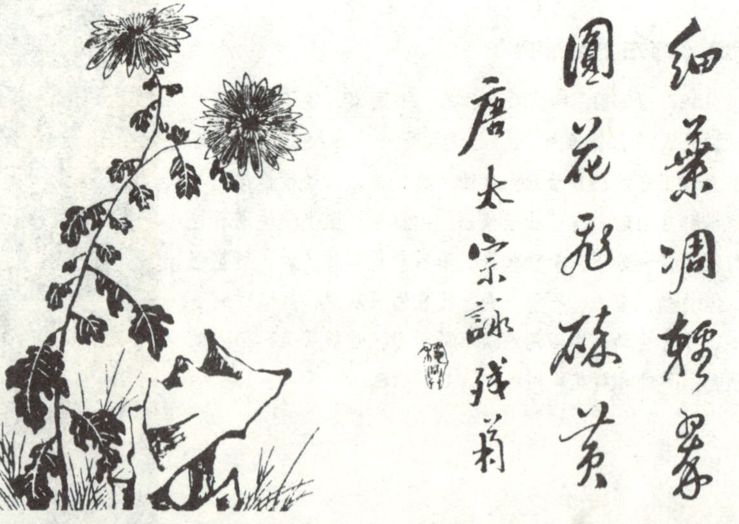

咏菊

[唐]陈叔达[1]

霜间开紫蒂[2]，露下发金英。
但令逢采摘，宁辞独晚荣[3]。

【难点疏通】

①陈叔达(约573～635)：字子聪，吴兴(今属浙江)人。太建十四年(582)封义阳王。善容止，能诗赋，有才学。历侍中、丹阳尹、都官尚书。隋大业中，拜内史舍人，出为绛郡太守。后降唐，授丞相府主簿，封汉东郡公，后拜侍中，进封江国公、礼部尚书。有文集传世。 ②蒂：瓜果等跟茎、枝相连的部分。也泛指花朵。 ③荣：开花。

【诗义解说】

在寒霜中开出了紫色的花蒂，寒露落下之后开出了金色的花朵。只要能够遇到肯来采摘的人，宁可放弃独自开放在晚秋的荣耀。

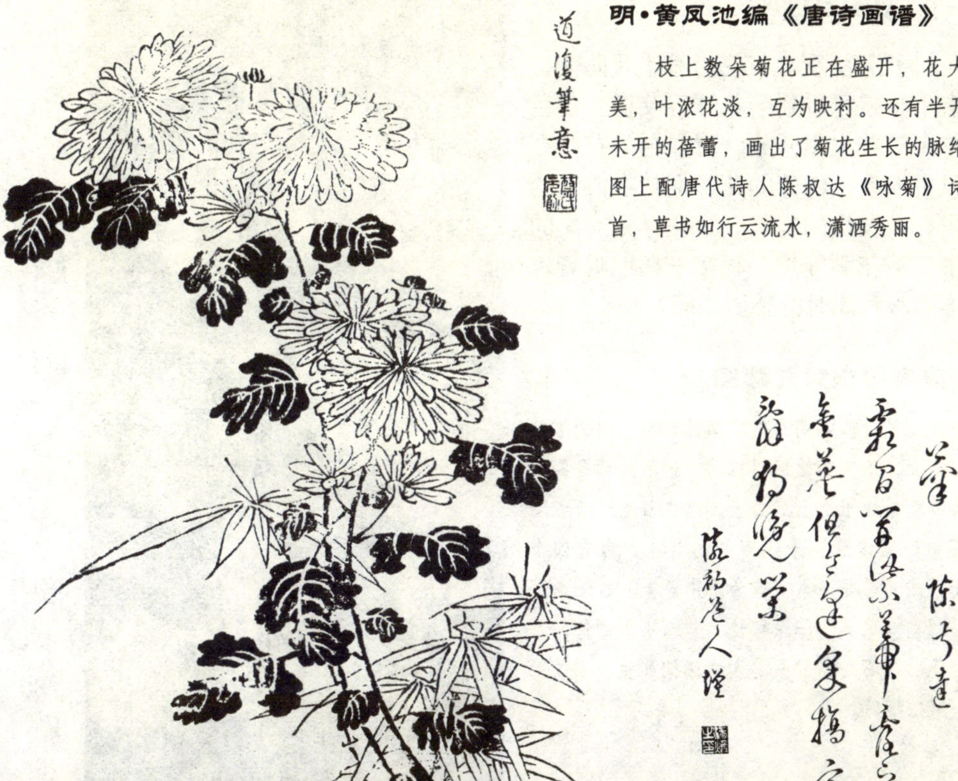

明·黄凤池编《唐诗画谱》

枝上数朵菊花正在盛开，花大而美，叶浓花淡，互为映衬。还有半开、未开的蓓蕾，画出了菊花生长的脉络。图上配唐代诗人陈叔达《咏菊》诗一首，草书如行云流水，潇洒秀丽。

秋菊 [唐]骆宾王①

擢秀三秋晚②，开芳十步中③。
分黄但笑日④，含翠共摇风⑤。
碎影涵流动⑥，浮香隔岸通⑦。
金翘徒可泛⑧，玉斝竟谁同⑨？

【难点疏通】

①骆宾王(约640～684)：字观光，义乌(今浙江义乌)人。唐朝初期诗人，与王勃、杨炯、卢照邻合称“初唐四杰”。出身寒门，七岁能诗，号称“神童”。高宗末年，任武功主簿、长安主簿、侍御史等。武则天当政时多次上书讽刺，得罪入狱。后参加徐敬业反武则天的起义，起草著名的《讨武氏檄》。徐敬业兵败被杀，他下落不明。 ②秀：形容草木欣欣向荣。三秋：秋天的三个月。 ③十步：汉刘向《说苑•谈丛》：“十步之泽，必有香草；十室之邑，必有忠士。”此处指菊花遍地开放。 ④分黄：呈现出黄色。笑日：对着太阳开放。笑，指花开。 ⑤含翠：带着青绿色。 ⑥涵流：倒映于水中。 ⑦浮香：飘动的香气。 ⑧金翘：本指黄色菊花卷曲的花瓣，这里指菊花酒。 ⑨玉斝(jiǎ)：玉制的酒杯。

【诗义解说】

到了深秋季节菊花仍然欣欣向荣，每走十步就可看到菊花开得茂盛。黄色的花朵对着太阳开放，青绿色的花叶在秋风中摇动。细碎的花影倒映在流动的水里，散发出的香气一直飘浮到对岸的空中。菊花酒徒然一杯接一杯地喝着，有谁能跟我此时的感受相同？

明•唐寅《东篱赏菊图》

此图绘晋陶渊明东篱赏菊的故事。图的右侧高山挺立，下有苍松枫树相间，树形虬曲多姿，有藤萝缠于树干之上。二士人坐在石上，正在观赏面前姹紫嫣红、千娇百媚的菊花。旁有四个童子，或为菊花浇水，或为炉中添柴，或端盘送茶，或整理用具，一派繁忙，与二士人的悠闲形成对比。山石用斧劈皴，人物栩栩如生，衣纹劲爽，笔法娴熟。

菊

[唐]李峤[1]

玉律三秋暮[2]，金精九日开[3]。
荣舒洛媛浦[4]，香泛野人杯。
霜靡寒潭侧[5]，丰茸晓岸隈[6]。
黄花今日晚，无复白衣来[7]。

【难点疏通】

①李峤(645～714)：字巨山。赵州赞皇(今属河北)人。少有才名，二十岁擢进士第。累官监察御史、宰相、怀州刺史、滁州别驾、庐州别驾等。对唐代律诗和歌行的发展有一定的影响。与杜审言、崔融、苏味道并称“文章四友”，又与苏味道合称“苏李”。 ②玉律：相传黄帝时代用玉制的定音器，共十二律，古人又以配十二月。这里指时序。 ③金精：菊花的别名。 ④洛媛浦：洛水之滨。因洛水之滨多美女，因又称“洛媛浦”。 ⑤霜(suī)靡：纷错的草木花卉。 ⑥丰茸：草木丰盛茂密。隈：山水的曲折处。 ⑦白衣：指晋时人王宏。他曾任江州刺史，重阳时陶渊明无酒，手握一把菊花坐在花旁，不久一白衣人来送酒，即王宏。

【诗义解说】

时间的脚步又到了深秋季节，菊花在重阳节的日子里开始盛开。美丽的菊花在洛水之滨竞相开放，菊花酒的香气从隐士的杯中散发出来。寒冷的水潭边长满了纷乱的花草，河岸边还有茂密的树木存在。由于黄花今年开得太晚，所以不会再有送酒之人到来。

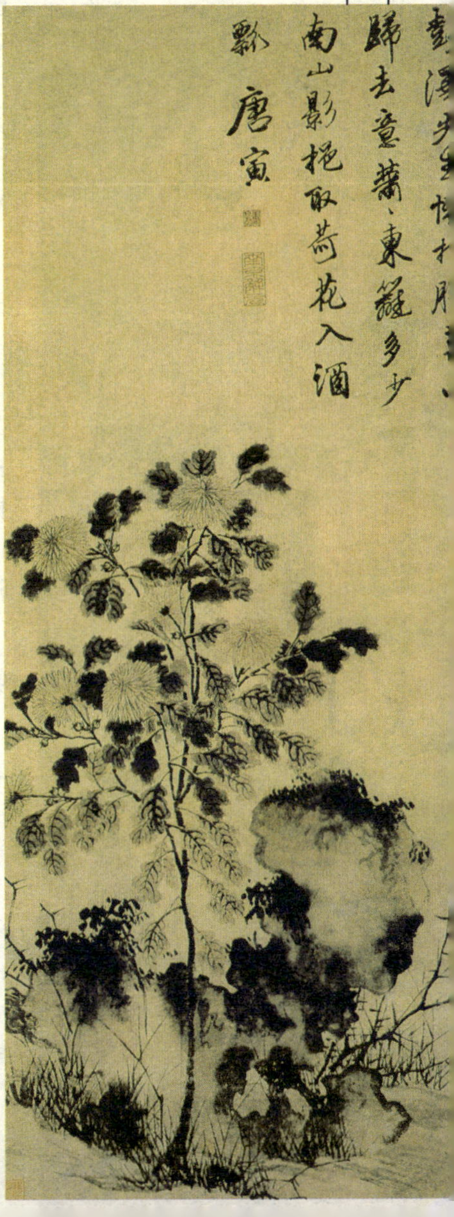

明·唐寅《墨菊图》

图绘湖石旁一株菊花如树般刚劲挺拔，数朵菊花迎寒怒放。枝干用浓墨描绘，虽然纤细却极有力量；叶子用不同的墨色表现其正反层面；湖石用墨色晕染，酣畅淋漓。上有题诗一首：“彭泽先生懒折腰，葛巾归去意潇潇。东篱多少南山影，挹取奇花入酒瓢。”

感遇

[唐]李白[1]

可叹东篱菊，茎疏时且微[2]。虽言异兰蕙[3]，亦自有芳菲。
未泛盈樽酒，徒沾清露辉。当荣君不采，飘落何所依？

【难点疏通】

①李白(701～762)：字太白，号青莲居士。祖籍陇西成纪(今甘肃省静宁县)，隋末迁至中亚碎叶城(今吉尔吉斯斯坦北托克马克附近)，李白生于此。五岁时随家迁入绵州彰明县(今四川江油)。二十岁时只身出川，开始广泛漫游。天宝初年被唐玄宗召进京，任供奉翰林，不久被排挤出京。天宝十四年(755)冬，因参加永王李遴叛乱，被牵连，判流放夜郎，中途遇赦放还。宝应元年(762)，病死于安徽当涂。他的诗歌充满浪漫主义色彩，有“诗仙”之称。 ②时且微：衰败的时节。 ③蕙：多年生草本植物，叶子丛生，狭长而尖，初夏开黄绿色花，有香气，生在山野中。

【诗义解说】

令人感叹的是生长在东篱下的菊花，枝叶疏疏落落又赶上这秋末寒冷时期。虽然说它跟兰花蕙草不一样，却也有它自己的芳香气息。还没等端起满杯的菊花酒，先就白白地沾染上清露的辉迹。菊花正开的时候你不去采，当它飘落的时候哪里是它的归宿？

明·陈道复《菊石图》

陈道复(1483～1544)，明画家。初名淳，字道复，号白阳山人，长洲(今江苏吴县)人。曾从文徵明学书画，后不拘师法。书法工行草。擅写意花卉，淡墨浅色，风格疏爽，后人把他与徐渭并称“青藤白阳”，为明代中期水墨写意花卉画创出新格调的代表人物。图绘又瘦又秀的湖石一块，石下几束菊花，另有野草披拂，小树摇曳，其余皆为大面积的空白，给人以无限遐想。菊花和湖石用水墨绘出，石用湿笔勾勒，大笔泼墨，墨色润泽。菊花则墨色略干，浓淡相宜。菊叶用淡墨点染，重墨勾脉络。石下小树用笔飞动，略带飞白。

复愁

[唐]杜甫①

每恨陶彭泽②，无钱对菊花③。
如今九日至，自觉酒须赊④。

【难点疏通】

①杜甫(712～770)：字子美。生于河南巩县。天宝五年(746)应考落第。后再次到长安，仅获一小官职。“安史之乱”时被叛军所俘，脱险后授官左拾遗。乾元二年(759)弃官前往四川，定居成都。曾在剑南节度使严武幕中任检校工部员外郎，故又称“杜工部”。晚年举家东迁，漂泊鄂、湘一带，贫病而卒。他生活在唐朝由盛转衰时期，其诗多涉及社会动荡、政治黑暗和人民疾苦，被奉为“诗史”，又有“诗圣”之誉。 ②陶彭泽：即陶渊明，因做过彭泽县令，故云。彭泽，治所在今江西湖口县东。 ③无钱对菊花：据《西京杂记》，陶渊明在重阳节没到之前，就把未酿成的菊花酒喝光了，到了重阳节这一天，他只好默默地坐在菊花丛中看着菊花。 ④赊：赊欠。

【诗义解说】

每每想起来都要恨陶渊明，没钱买酒时就默默地面对菊花。今天九月九日重阳节又已到来，自己知道要想喝酒就要把账挂。

明·陈道复《墨花十二种图》

这是一幅长卷，绘有花卉十二种，每种花卉以行草自题诗一首。全图墨色华滋，或用墨简率，或动笔谨慎，或勾勒飘逸，或转折有致，或显得零乱，或显得开朗，各臻其妙。这里选的是菊花一段。

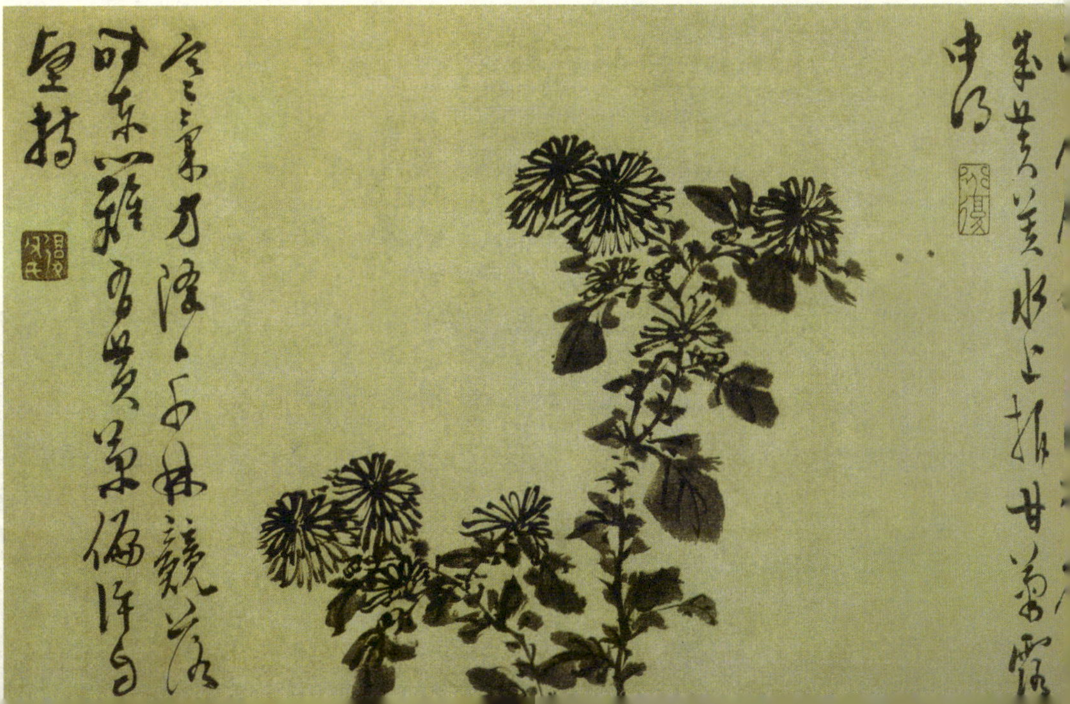

叹庭前甘菊花

[唐]杜甫

庭前甘菊移时晚，青蕊重阳不堪摘。
明日萧条尽醉醒①，残花烂漫开何益②。
篱边野外多众芳，采撷细琐升中堂③。
念兹空长大枝叶④，结根失所缠风霜⑤。

【难点疏通】

①萧条：寂寞冷落。 ②烂漫：光芒四射。 ③采撷：摘取。细琐：微细的事物。中堂：正中的堂屋。 ④兹：指菊花。 ⑤结根：植根，扎根。

【诗义解说】

庭前的甘菊由于移栽得晚了，只有青色花蕊无法采摘尽管又到重阳。等到明天寂寞冷落的时候大家的酒都醒了，枯残的菊花开得再好又能怎样。篱笆外边还有许多花花草草，采摘来那些细微的东西放在中堂之上。想到菊花白白地长了那么多的枝叶，扎根的时候就失去了所在而饱经风霜。

明·王谷祥《竹菊图》

王谷祥(1501～1568)，字禄之，号酉室。长洲(今苏州)人。明代画家。进士及第，官至吏部员外郎。后弃官归里。擅画花鸟，介于工笔与写意之间，也工书法篆刻，文人气息浓厚。传世作品极少。图的中间绘一竿翠竹，枝叶向右伸展，一束菊花向左伸出，二者形成交叉。竹叶用浓墨，菊叶用淡墨，菊花用墨笔细勾。构图虽然简单，但用墨饱满，飘逸潇洒。

效陶彭泽

[唐]韦应物[①]

霜露悴百草[②]，时菊独妍华[③]。
物性有如此[④]，寒暑其奈何。
掇英泛浊醪[⑤]，日入会田家。
尽醉茅檐下，一生岂在多。

【难点疏通】

①韦应物(737～792)：长安(今陕西西安)人。十五岁起以三卫郎为玄宗近侍，出入宫闱，扈从游幸。先后为洛阳丞、京兆府功曹参军、比部员外郎、滁州和江州刺史、左司郎中、苏州刺史等，世称韦江州、韦左司或韦苏州。著名的山水田园诗诗人，后人每以“王孟韦柳”并称。②悴：枯萎，憔悴。③妍华：美丽漂亮。④物性：事物的本性。⑤浊醪：汁滓混合的酒。

【诗义解说】

寒霜冷露使百草变得枯萎，这时只有菊花开得鲜艳夺目。事物的本性本来就是这样，对于天冷天热它们哪有选择的余地。摘下菊花的花瓣放在浊酒中饮用，太阳落山的时候相会在田家草屋。大家都在农舍中喝得大醉，一生中哪会有很多这样的情致。

明·王谷祥《翠竹黄花图》

此图画面集中在下部，坡脚下用淡墨勾出几块巨石，缝间长出一高一矮两株菊花，并有几株新生竹丛与之相伴。竹叶用墨较重，菊叶多用淡墨，并用浓墨勾出叶脉。上部为大片空白，有题诗一首：“翠竹间黄花，秋容如栗里(地名，在今江西九江西南，陶渊明故里)。欲问主人谁，应是陶征士。”

九日奉陪令公登白楼同咏菊

[唐]卢纶[1]

琼尊犹有菊[2]，可以献留侯[3]。愿比三花秀[4]，非同百卉秋。
金英分蕊细，玉露结房稠。黄雀知恩在[5]，衔飞亦上楼。

【难点疏通】

①卢纶(748？～798？)：字允言，河中蒲州(今山西永济)人。早岁避安史之乱，客居鄱阳，曾游吴越。大历初还京师，屡试不第。大历六年(771)由人举荐为阌乡尉，后任密县令、昭应令，累迁监察御史、集贤学士户部郎中等职。为“大历十才子”之一，诗名颇著。 ②琼尊：玉制的酒杯。 ③留侯：汉张良，被汉高祖封为留侯。这里把令公比作张良。 ④三花：即三花树，又称贝多树。因一年开花三次，故名。 ⑤“黄雀”句：汉朝杨宝曾从猫头鹰口中救下一黄雀，夜梦一黄衣童子送他白玉环四枚并说令其子孙洁白，可位登三公。后用作知恩必报的典故。

【诗义解说】

玉制的酒杯里还飘着菊花，可以献给汉高祖的谋臣张良。愿菊花比三花树还要秀丽，不要随同秋天的百草一片衰旷。金黄色的花朵分出细细的花蕊，浓重的露水从房顶往下流淌。黄雀知道去哪里报答它的恩情，也叼着菊花飞在高楼之上。

明·徐渭《花卉十六种·菊》

徐渭(1521～1593)，字文长，号青藤老人、青藤道士等，文学家、书画家，山阴(今浙江绍兴)人。绘画新颖奇特，打破了花鸟画、山水画、人物画的题材界限，水墨大写意花鸟笔势狂逸，墨汁淋漓。与陈淳并称为“青藤白阳”。这是一幅长卷，上绘牡丹、杏花、兰花、忘忧草、石榴等十六种花卉，每种花卉配七绝诗一首。整幅长卷一律用水墨，用笔饱满，墨色润泽。这里所选为菊花一幅。几枝菊花，几竿翠竹，构图虽简，但意味无穷。

长安秋望

[唐]赵嘏[1]

云物凄凉拂曙流[2]，汉家宫阙动高秋[3]。
残星几点雁横塞，长笛一声人倚楼[4]。
紫艳半开篱菊静，红衣落尽渚莲愁。
鲈鱼正美不归去[5]，空戴南冠学楚囚[6]。

【难点疏通】

①赵嘏：字承佑，楚州山阳(今江苏省淮阴市)人，约生于宪宗元和元年(806)。年轻时四处游历。大和七年（833）预省试进士下第，留寓长安多年，出入豪门以干功名，其间似曾远去岭表当了几年幕府，后回江东，家于润州(今镇江)。会昌四年（844）进士及第，一年后东归。会昌末或大中初复往长安，入仕为渭南尉，约宣宗大中六、七年(852、853)卒于任上。存诗二百多首，其中七律、七绝最多且较出色。 ②曙流：热浪。 ③汉家宫阙：指眼前的唐家宫殿。 ④“残星”二句：据《唐诗纪事》：“杜紫微(牧)览嘏早秋诗云：‘残星几点雁横塞，长笛一声人倚楼。’吟咏不已，因目嘏为‘赵倚楼’。” ⑤“鲈鱼”句：晋张翰在洛阳做官，因秋风起，想到家乡的鲈鱼脍味美，于是辞官还家。 ⑥“空戴”句：据《左传·成公九年》：“晋侯观于军府，见钟仪，问之曰：‘南冠而絷者谁也？’有司对曰：‘郑人所献楚囚也。’”后以“南冠”和“楚囚”指不忘故国之意。此句是说我虽有怀念故乡之心，却仍客居他乡。

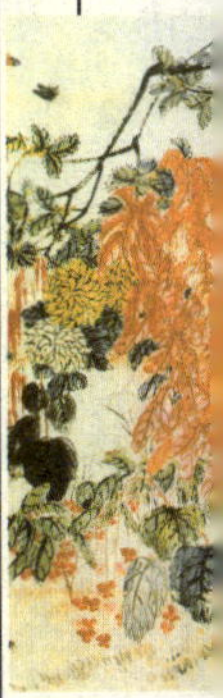

【诗义解说】

万物都已变得凄凉，秋风吹走了热浪，汉家宫阙已经进入了深秋。天空中几点残星大雁横在边塞，一声长笛思归之人倚在高楼。篱笆边紫色菊花已经开了一半，红色的花瓣大都落尽，洲渚上的荷花让人发愁。鲈鱼正是肥美的时候却不能归去，白白地戴着南冠学着楚囚。

明·内府彩绘插图本《明解劝增和千家诗注》

此图完全按诗意所绘。远山连绵，云雾缭绕。楼阁上玉人正在吹箫。下方一带围栏，园中有一丛盛开的菊花，一士人手持扇子，两眼注视菊花，神情专注。旁一书童侍立。设色典雅艳丽，极富装饰味道。

宴王郎中宅赋得露中菊

[唐]朱湾[1]

众芳春竞发，寒菊露偏滋[2]。
受气何曾异[3]，开花独自迟。
晚成犹待赏，欲采未过时。
忍弃东篱下[4]，看随秋草衰。

【难点疏通】

①朱湾：生卒年不详，唐代宗大历初年前后在世。字巨川，号沧洲子，西蜀人。性浪漫，好琴酒，放纵山水。工诗，善于咏物。 ②滋：滋生，滋长。 ③受气：秉受自然之气。 ④忍：怎忍，不忍。

【诗义解说】

各种各样的鲜花都在春天竞相开放，只有菊花偏偏茂盛在寒冷的秋天。接受自然之气哪里有什么不同，可为什么只有菊花开得那么晚？虽然花开在晚秋却也值得欣赏，想要采摘就不要错过时间。怎忍心把它丢弃在东篱之下，眼看着它与秋草一同枯萎衰残。

明·徐渭《杂画卷·菊》

此幅图共分十一段，绘有青菜、鱼蟹、南瓜等瓜果蔬菜。所绘内容，不求形似，以狂草之笔、泼墨之法直接表现对象的精神。所选菊花一段就是这样，山石用笔横扫，时见飞白，粗犷豪放。石后几株菊花，几根野草，寥寥几笔，便活灵活现。

万年厉员外宅残菊 [唐]顾非熊[1]

才过重阳后，人心已为残。
近霜须苦惜[2]，带蝶更宜看。
色减频经雨[3]，香销恐渐寒[4]。
今朝陶令宅[5]，不醉却应难。

【难点疏通】

①顾非熊：生卒年不详，约唐文宗开成初年前后在世。苏州人。少俊悟，一览成诵。久试不第。武宗久闻其诗名，会昌五年(845)放榜仍无其名，怪之。乃敕有司进所试文章，追为进士。大中间为盱眙尉，不乐奉迎，弃官隐茅山。后不知所终。 ②苦惜：痛惜，珍惜。 ③频：屡次，多次。 ④销：尽。 ⑤陶令宅：陶渊明的住宅，这里指厉员外的宅院。

【诗义解说】

重阳节刚刚过去，人们就知道菊花已经衰残。离下霜的日子越来越近就更加珍惜，有蝴蝶飞绕就更应该前来观看。菊花的颜色已经消减却又屡遭风吹雨打，香气销尽更担心气候越来越寒。今天早晨来到陶家的宅院，不一醉方休恐怕有些难。

明·徐渭《杂花图卷·菊》

这幅长卷绘有牡丹、荷花、梧桐、南瓜、紫薇、葡萄等花卉蔬果。作者随心所欲，任意挥洒，纵横奔放，神完气足，如一曲动人的交响乐从画面上幽幽传出。所选菊花，随意几笔，就勾勒出生动的气韵。

病中辱朱谏议惠甘菊药苗因以诗赠

[唐]姚合①

萧萧一亩宫②，种菊十余丛。
采摘和芳露③，封题寄病翁④。
熟宜茶鼎里，餐称石瓯中⑤。
香洁将何比，从来味不同。

【难点疏通】

①姚合(779～846)：陕州硖石(今河南省三门峡市)人。元和进士，授武功主簿。官秘书少监，世称“姚武功”，其诗派也称“武功体”。诗多写个人日常生活和自然景色，喜为五律，刻意求工，与贾岛齐名，故“贾姚”并称。②萧萧：简陋。一亩宫：寒士简陋的住处。③和：拌。④封题：信封装好之后，在封口处题签。⑤称：适宜。石瓯：石制的小盆。

【诗义解说】

冷落萧条的寒士居住的地方，周围种植着菊花有十余丛。采摘时带着芳香的露水，把信封封上寄给有病的老翁。甘菊煮熟后应放在装茶的鼎里，饮用时最好放在石制的小盆中。这种香味拿什么来作比？其味道从来就是与众不同。

明·徐渭《花果图卷·菊》

此幅长卷共由十六段花卉组成，全图墨色时浓时淡，富有韵律，偶尔用淡彩点花瓣，为全图增色不少。所选菊花，全用浓墨，花朵染以淡彩，十分生动。上有作者题诗一首：“人如饷酒用花酬，每扫菊花付酒楼。昨日重阳风雨恶，酒中又过一年秋。”

咏新菊　[唐]姚合

黄金色未足①，
摘取且尝新。
若待重阳日，
何曾异众人②。

【难点疏通】

①色未足：颜色还没到十分。　②异众人：与众人不同。

【诗义解说】

菊花金黄的颜色还没长到十分充足，就把它摘下暂且尝尝新。如果等到重阳节菊花全都盛开的时候，那么它与别人的还有什么不同。

明·徐渭《菊竹图》

图中绘有一枝菊花昂首挺立，迎风傲雪，威风凛凛。两竿翠竹从左侧伸出画面，又从上方回转下来，与菊花相呼应，匠心独具。下部坡石野草均用浓墨，为画面起到了稳定作用。全图笔墨淋漓，干湿浓淡变化丰富，韵味隽永。

野菊

[唐]王建①

晚艳出荒篱②，冷香著秋水③。
忆向山中见，伴蛩石壁里④。

【难点疏通】

①王建(约767～831)：字仲初。颍川(今河南许昌)人。二十岁左右与张籍相识，开始写乐府诗。贞元十三年(797)辞家从戎，写了一些以边塞战争和军旅生活为题材的诗篇。累任昭应县丞、陕州司马等。在长安时，与张籍、韩愈、白居易、刘禹锡、杨巨源等均有往来。乐府诗与张籍齐名，世称“张王乐府”。 ②晚艳：因菊花开在深秋，故云“晚”。③著：附着，靠近。 ④蛩：蟋蟀。

【诗义解说】

开在深秋的菊花生长在荒凉的篱笆旁，冷峻的香气浮动在秋天的水边。回忆起在山中见到的野菊，它伴随着蟋蟀的鸣叫生长在石壁缝间。

明·周之冕《花卉图卷·菊》

周之冕(1521～?)，字服卿，号少谷，长洲(今江苏苏州)人。善用勾勒法画花，以水墨点染叶子，画法兼工带写，人称勾花点叶法。所作花鸟，形象真实，意态生动，颇有影响。这是一幅波澜壮阔的长卷，画上绘有一年四季各种花卉五十多种，并配以艳丽的色彩，五彩缤纷，争奇斗艳，犹如一个鲜花盛开的百花园。所选菊花一段，在浓绿叶子的衬托下，各色菊花争相开放，有的鲜红，有的金黄，有的洁白，花朵颜色由内向外逐渐发生变化，用笔工细。

和令狐相公九日对黄白二菊花见怀

[唐]刘禹锡[①]

素萼迎寒秀[②]，金英带露香。
繁华照旄钺[③]，荣盛对银黄[④]。
琮璧交辉映[⑤]，衣裳杂彩章[⑥]。
晴云遥盖覆，秋蝶近悠扬。
空想逢九日，何由陪一觞。
满丛佳色在，未肯委严霜[⑦]。

【难点疏通】

①刘禹锡(772～842)：唐代文学家、哲学家。字梦得，洛阳人。贞元九年进士，后又登宏词科和吏部取士科，授太子校书，从此走上仕途。贞元二十一年(当年八月改元永贞)因参与王叔文改革，失败后贬为连州(今广东连县)刺史，再贬朗州(今湖南常德)司马。从此经历了二十二年的贬谪生涯。诗歌与白居易齐名，世称“刘白”。 ②素萼：白色的花。 ③旄钺：白旄和黄钺，点黄白二菊花。旄，古代军中用的旗帜。钺，古代的一种武器，即斧。 ④银黄：白银和黄金，亦点黄白二菊花。 ⑤琮璧：两种美玉。 ⑥彩章：彩色的花纹。 ⑦委：凋落。

【诗义解说】

白色花朵在寒风中更加秀丽，黄色的花朵带着露水散发着缕缕清香。众多的花朵与白旄黄钺交相辉映，繁华的情景又如同银白和金黄。盛开的花朵如琮似璧，又如衣服上的彩色纹章。晴空中的白云如高高挂在天上的盖子，秋天的蝴蝶绕着花儿飞翔。对着长空想到重阳节就要到来，找个什么理由陪着您喝上一场。到现在满园菊花还都五彩缤纷，不肯在严霜中枯萎凋伤。

明·周之冕《百花图卷·菊》

与周之冕的《花卉图卷》不同，此图全用水墨。图上共绘牡丹、兰花、玉兰、枇杷、荷花、葵花、芙蓉、水仙等三十余种花卉，花卉多用白描，花叶多用墨染，花枝花叶正转反侧极富变化，兼工带写，花与花之间穿插有致。这里选的是菊花一段。

霜菊

[唐]席夔[1]

时令忽已变，行看被霜菊[2]。
可怜后时秀，当此凛风肃[3]。
淅沥翠枝翻[4]，凄清金蕊馥[5]。
凝姿节堪重[6]，澄艳景非淑[7]。
宁祛青女威[8]，愿盈君子掬[9]。
持来泛樽酒，永以照幽独。

【难点疏通】

①席夔：贞元十二年(796)参加博学宏词科考试及第。《全唐诗》录其诗二首。余不详。 ②被：覆盖。 ③凛：寒冷。风肃：肃杀的秋风。 ④淅沥：形容雪雨等的声音。 ⑤馥：香气。 ⑥凝姿：因寒冷而姿势凝固。节：气节，节操。 ⑦澄艳：清明艳丽。淑：温和。 ⑧祛：除去。青女：传说中掌管霜雪的女神，也代指霜雪。 ⑨掬：采摘。

【诗义解说】

时令突然间发生了变化，走去看看覆盖着霜雪的菊花。可怜的是它的花开在季节的最后，经受着这寒冷的秋风肃杀。淅淅沥沥的秋雨使菊枝翻出新绿，凄清的时节使花的香气备加。凝重的姿势更被人看重它的气节，清明艳丽的景色并不温洽。宁肯祛除霜雪的威势，希望您来满满地采上一把。拿来放在盛酒的杯子里，为的是永远照亮我这孤独的生涯。

明·孙克弘《花卉图卷·菊》

孙克弘(1533～1611)，字允执，号雪居，华亭(今上海松江)人。擅画花卉，气格古雅。此图绘牡丹、辛夷、萱花、芙蓉、山茶、水仙、梅花、菊花等折枝花卉。全图用笔细腻，兼工带写，造型准确，色彩生动。所选菊花一段，叶子翠绿，花朵金黄，下方又有一束白菊相配，给人一种浓郁的秋天气息。

晚菊

[唐]韩愈[1]

少年饮酒时，踊跃见菊花[2]。
今来不复饮，每见恒咨嗟[3]。
伫立摘满手[4]，行行把归家。
此时无与语，弃置奈悲何[5]。

【难点疏通】

①韩愈(768～824)：字退之，河阳(今河南省孟州市)人，祖籍河北昌黎，世称“韩昌黎”。晚年任吏部侍郎，又称“韩吏部”。谥“文”，又称韩文公。是唐代古文运动的倡导者，苏轼称他“文起八代之衰”，明人推他为唐宋八大家之首，与柳宗元并称“韩柳”。 ②踊跃：欢呼喜悦。 ③恒：经常。咨嗟：叹息。 ④伫立：长久站立。 ⑤奈悲何：怎么样来处置悲伤。

【诗义解说】

小的时候每次喝酒，见到菊花就会无比兴奋。今天又来看菊花却没再饮酒，每每见到菊花心情就会烦闷。站在那里采满了一大把，走啊走啊把菊花带回家中。这个时候没有一句话要跟菊花说，放在一边对于缓解悲伤会有什么作用？

明·孙克弘《花鸟图册·菊》

此画册共十二开，这里选的是菊花一开。图绘平坦的草地上几块山石，右上方露出石壁一角，一束菊花从上方伸下来，横空而出，气势非凡。山石用粗笔勾出轮廓，或留白或淡染。菊叶用浓色汁绿渲染，花朵染以金黄。构图虽然简洁，但个性十足。

酬皇甫郎中对新菊花见忆

[唐]白居易[1]

爱菊高人吟逸韵[2]，悲秋病客感衰怀。
黄花助兴方携酒[3]，红叶添愁正满阶。
居士荤腥今已断[4]，仙郎杯杓为谁排[5]？
愧君相忆东篱下，拟废重阳一日斋[6]。

【难点疏通】

①白居易(772～846)：字乐天，号香山居士。原籍山西太原，祖上迁陕西渭南。历任翰林学士、江州司马、刑部侍郎、太子少傅等职。会昌二年(842)以刑部尚书致仕。新乐府运动的倡导者，感伤诗《长恨歌》《琵琶行》影响深远。常与刘禹锡唱和，时称“刘白”。又与元稹齐名，世称“元白”。 ②逸韵：高超的诗韵。③方：正。 ④居士：在家修行之人。此为作者自指。⑤仙郎：唐时对尚书省各部郎中、员外郎的惯称。这里指皇甫郎中。杯杓：酒杯。 ⑥拟：打算。

【诗义解说】

热爱菊花的高人吟咏着高超的诗句，悲秋的病人感念着衰弱的情怀。有菊花助兴正携酒而来，落满台阶的红叶又添新的愁来。可是今天我已断绝了大鱼大肉，仙郎的酒杯是为谁而安排？惭愧的是您还记得东篱赏菊，只好废掉重阳节这一日的戒斋。

明·孙克弘《菊石文篁图》

图绘一通棱角分明的湖石，石后两株翠竹高耸，从上部和左部破出画面。还有一丛菊花盛开在湖石之后，石前有几株小竹。石用浓淡不同的墨色染出凹凸不平的纹理，竹叶和菊花均用双勾，菊叶则用浓墨晕染。画面清秀，一股凛然难犯之气扑面而来。

禁中九日对菊花酒忆元九①

[唐]白居易

赐酒盈杯谁共持②？宫花满把独相思。
相思只傍花边立，尽日吟君咏菊诗。

【难点疏通】

①禁中：即宫中。元九：即元稹，唐代著名诗人，白居易的好友。②赐酒：皇帝所赐之酒。盈杯：满杯。

【诗义解说】

在杯子里倒满御酒跟谁来共饮？把宫中的菊花采了一大把独自把远方的朋友思念。思念无法排解只好站在菊花旁边，整日吟诵着您的那首咏菊的诗篇。

明·郭诩《杂画册·菊》

郭诩(1456～约1529)，字仁宏，号清狂，江西泰和人。擅作写意人物，信手点染，笔势飞动，尤善杂画小品。笔墨简括，用没骨法画花鸟，颇有生趣。图绘一束盛开的菊花，旁有一块玲珑剔透的湖石，湖石后几竿翠竹，全用墨色绘出。先用细笔勾出花瓣，再用淡墨填色，叶子则用浓墨晕染。湖石先用淡墨铺底，再用浓墨破之，竹则全用浓墨。全图墨色淋漓，润泽华滋。

重阳席上赋白菊 [唐]白居易

满园花菊郁金黄[①]，
中有孤丛色似霜。
还似今朝歌酒席，
白头翁入少年场。

【难点疏通】

①郁金黄：用郁金草染成的金黄色，也泛指黄色。郁金，多年生草本，姜科，叶片长圆形，夏季开花，白色。块根黄色，有香气，古人常用作香料。

【诗义解说】

满园盛开的菊花一片金黄，其中有一丛孤菊洁白如霜。这就像在今天的饮酒唱歌的宴会上，少年人中间有一老人白发苍苍。

明·文徵明《秋花图》

文徵明(1470～1559)，初名壁，字徵明，号衡山、停云，长洲(今江苏苏州)人。祖籍衡山，故号衡山居士。幼习经籍诗文，喜爱书画，少时即享才名，与祝允明、唐寅、徐祯卿并称“吴中四才子”。图的中间绘一块湖石，周围生长着菊花、兰花、鸡冠花、雁来红等花卉。湖石用干笔淡墨勾出轮廓，花叶均用浓墨，菊花瓣用细笔勾勒，鸡冠花则用干墨擦出。虽然时已深秋，但仍然生机勃勃。

菊花

[唐]元稹[①]

秋丛绕舍似陶家[②]，遍绕篱边日渐斜[③]。
不是花中偏爱菊[④]，此花开尽更无花。

【难点疏通】

①元稹(779～831)：字微之，别字威明。洛阳人。八岁丧父，少贫贱。二十五岁登书判拔萃科，授秘书省校书郎。二十八岁列才识兼茂明于体用科第一名，授左拾遗。历任监察御史、膳部员外郎、祠部郎中、知制诰、中书舍人、尚书左丞等。创作以诗成就最大，与白居易齐名，并称“元白”，同为新乐府运动倡导者。 ②秋丛：秋天的菊花丛。陶家：陶渊明家。 ③日渐斜：太阳偏西。 ④偏：特别。

【诗义解说】

一丛丛秋菊绕着房舍就好像陶渊明的家，绕着篱笆边走边看太阳渐渐落到山下。不是在百花里面只是偏爱菊花，因为菊花开完之后就再也没有花。

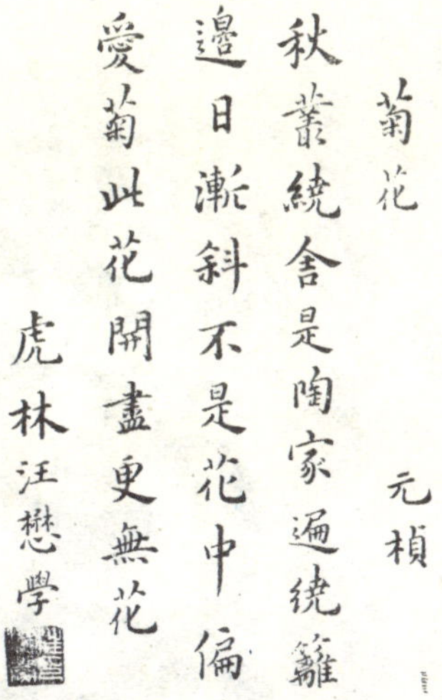

明·黄凤池编《唐诗画谱》

此图根据元稹的这首《菊花》诗而配。水边一间农舍，房屋半露，院中一株古松苍劲蓊蔚，一士人坐在树下，正在观赏盛开的菊花。院外一童子持物而来。画面淡雅清秀，让人有出世之想。同时配有名家书法，楷书端庄，情与境合。

暮秋与裴居晦宴因见采菊之作 [唐]鲍溶[1]

菊花低色过重阳[2]，似忆王孙白玉觞[3]。
今日王孙好收采，高天已下两回霜。

【难点疏通】

①鲍溶：字德源，里居及生卒年不详，约唐宪宗元和年间前后在世。工诗。初隐江南山中。后避地游四方，登临怀古，其诗益进。与李益自幼交情密切，韩愈、李正封、孟郊亦与之友善。元和四年(809)举进士第。仕不得志，客死三川(今宁夏固原)。 ②低色：本指银子成色不足，这里指菊花的颜色不艳。 ③王孙：贵族公子。白玉觞：白玉制的酒杯。言其贵重。

【诗义解说】

过了重阳菊花的颜色就开始暗淡，好像是在回忆贵家公子的白玉酒觞。今天正是贵家公子采摘菊花的好时节，因为高天已经下了两次寒霜。

明·项圣谟《花卉图册·菊》

项圣谟（1597～1658），字孔彰，号易庵，又号胥山樵，别号松涛散仙、存存居士。秀水(今浙江嘉兴)人。画家、诗人。画树石、屋宇、花卉、人物皆精。山水设色明丽，风格清隽。此册共十开，这里选的是菊花一开。图绘折枝菊花一束，从右下向左上伸出，花朵有黄有粉有紫，有的正在盛开，有的将残，有的正含苞待放，画出了生长的不同层次。菊叶用汁绿描绘，用浓淡不同墨色表现其阴阳向背。上有作者题诗一首：“周郎铜雀春何处，秋圃年年锁二乔。只问澹妆浓抹意，为谁啼笑两般娇。”

奉酬皮先辈霜菊见赠　[唐]崔璞[1]

菊花开晚过秋风，闻道芳香正满丛。
争奈病夫难强饮[2]，应须速自召车公[3]。

【难点疏通】

①崔璞：生卒年不详。清河(治所在今山东临清县东北)人。曾任苏州刺史，咸通年间任过散骑常侍。《全唐诗》录其诗二首。②争奈：怎奈。③车公：指晋时人车胤。他善于聚集宾客玩赏。《晋书·车胤传》："(车胤)又善于赏会，当时每有盛坐而胤不在，皆云'无车公不乐'。"后泛指善于游赏的人。

【诗义解说】

由于菊花开得很晚所以遭到秋风的吹拂，听说菊花丛正散发着芬芳的气息。怎奈身患疾病无法起来喝酒，应该尽快把车公请到这里。

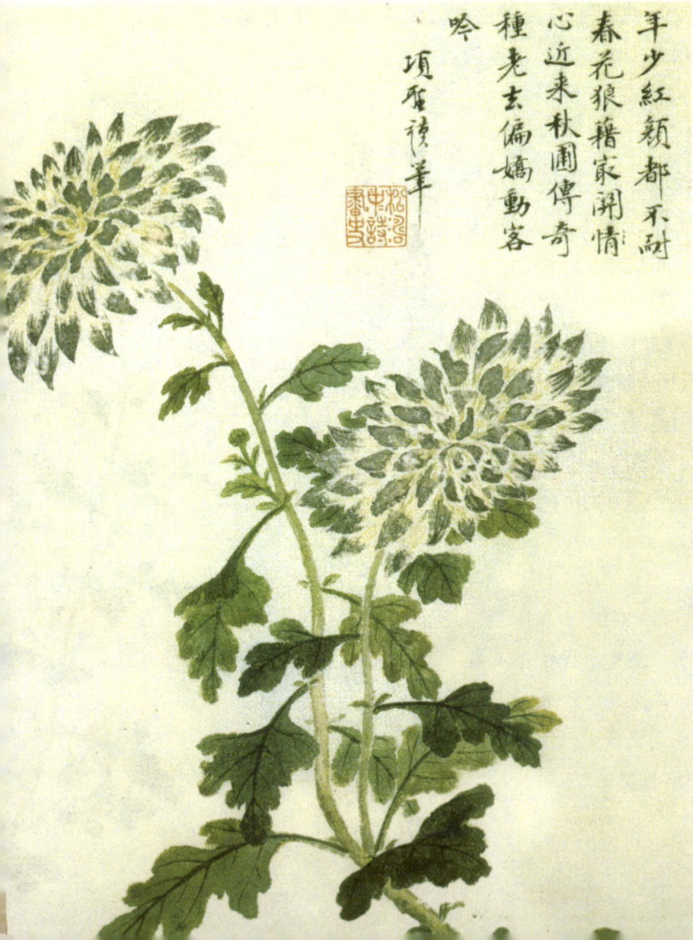

明·项圣谟《山水花果图册·菊》

图绘折枝菊花一株，枝上两朵菊花正在盛开，一仰头向上，傲骨铮铮，一低头向下，一副娇羞面容，另有一花骨朵刚从叶根处长出。叶片用淡墨晕染，再用浓墨勾出脉络。全株均用汁绿，显得生机勃勃。

南海使院对菊怀丁卯别墅①

[唐]许浑②

何处曾移菊，溪桥鹤岭东③。篱疏还有艳，园小亦无丛。
日晚秋烟里，星繁晓露中。影摇金涧水④，香染玉潭风。
罢酒惭陶令，题诗答谢公⑤。朝来数花发，身在尉佗宫⑥。

【难点疏通】

①南海：即唐时南海郡，治所在今广州市。使院：节度使出征入朝或死去，没有后代，则有留后管理其事，其所治事的官属称使院。 ②许浑(?～约858)：字用晦，祖籍安州安陆(今属湖北)，寓居润州丹阳(今属江苏)。大和六年(832)进士及第，先后任当涂、太平令，因病免。后历任监察御史、润州司马、虞部员外郎等。诗皆近体，五七律尤多，句法圆熟工稳，声调平仄自成一格。诗多写水，故有“许浑千首湿”之誉。 ③鹤岭：在今江西南昌西山，仙人王子乔曾骑鹤经过这里。 ④金涧：形容涧水好看。下文“玉潭”同此。 ⑤“题诗”句：据《世说新语·言语》，晋太傅谢安，曾在雪天与子侄辈论文赋诗。不一会儿雪下得大了，谢安问：“白雪纷纷何所似？”其侄谢朗说：“撒盐空中差可拟。”其侄女谢道韫说：“未若柳絮因风起。”此句意谓，不能喝酒，只好写诗。 ⑥尉佗宫：尉佗即赵佗，秦时曾任南海郡尉，他当年的官属称尉佗宫。

【诗义解说】

从什么地方移来的菊花？是在溪桥鹤岭的岭东。稀疏的篱笆边还有艳丽的花朵，因为园小而未形成花丛。天色晚了菊花笼罩在秋天的烟雾里，繁星满天的时候它又笼罩在露水之中。菊花的影子在金色的水面上摇动，从玉潭上吹来的风也都香气很浓。因不能喝酒面对陶渊明感到很是惭愧，只好写首诗来报答谢安恩情。早晨起来又开了一些花朵，而我自己这时正在尉佗宫。

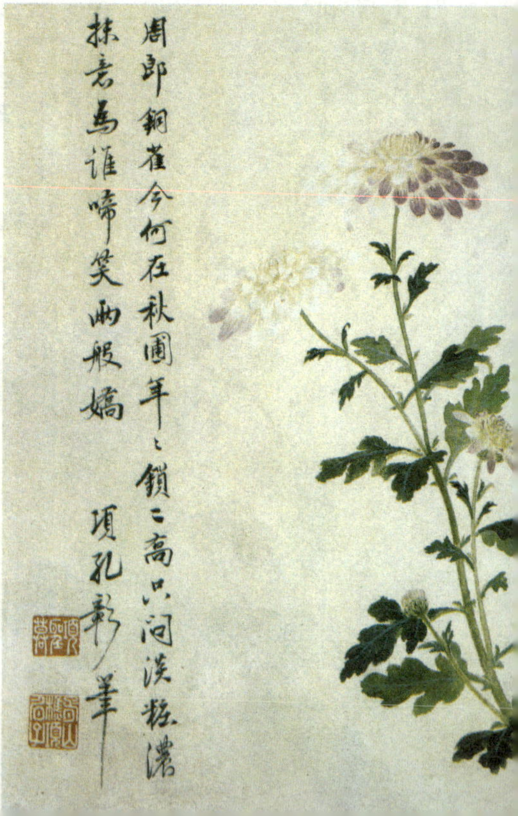

明·项圣谟《花果图册·菊》

此册共八开，这里选的是菊花一开。图绘一折枝菊花，顶部两朵花正在盛开，下边有一朵半开，一朵含苞，层次井然。菊叶用浓淡不同墨色，极富变化。用笔谨饬而峭拔，体现了作者写生功底和造型能力。

咏夹径菊

[唐]薛能[1]

夹径尽黄英，不通人并行。
几曾相对绽[2]，元自两行生[3]。
丛比高低等[4]，香连左右并。
畔摇风势断[5]，中夹日华明[6]。
间隔蛩吟隔[7]，交横蝶乱横。
频应泛桑落[8]，摘处近前楹[9]。

【难点疏通】

①薛能(817～880)：字大拙，汾州(治所在今山西省汾阳县)人，会昌六年(846)进士。曾做工部尚书、徐州节度使等官，唐僖宗广明元年因部将猜疑被杀。其诗比较清新，较少当时追求雕饰的靡弱风气。②几曾：何曾，哪曾。绽：开。③元：原来。④比：排列。⑤畔：田界。⑥日华：日光。⑦蛩：蟋蟀。⑧桑落：古代的一种美酒。⑨楹：门。

【诗义解说】

小径的两旁都是盛开的菊花，小路很窄不能两人并行。从什么时候才开始相对开放，原来菊花傍在道路两旁而生。一丛丛菊花有高有低，花的香气从左到右相互串通。田边的风吹到这里便停了下来，中间的日光一片光明。小路隔开了两边蟋蟀的鸣叫，两边的菊花交织蝴蝶也两边飞行。对此佳景一杯接一杯地痛饮美酒，伸手就可摘到门前盛开的菊英。

明·吕纪《桂菊山禽图》

吕纪(1447～?)，字廷振，号乐愚，一作乐渔，四明(浙江宁波)人。孝宗弘治中供事仁智殿，官锦衣卫指挥。绘禽鸟如凤、鹤、孔雀、鸳鸯之类，俱有法度，设色艳丽，富有生气。图上绘一株高大的桂树斜立于土坡上，花繁叶茂，一片生机。树枝上落着数只八哥，有两只隔枝对语，一只翘首远眺，另有一只绶带鸟对树下高声鸣叫，似在招呼土坡上正在争食的另三只绶带鸟。树旁丛菊盛开，芳草丛丛，湖石点缀。造型严谨，形象生动活泼。

赋得秋菊有佳色　[唐]公乘亿[1]

陶令篱边菊[2]，秋来色转佳。
翠攒千片叶[3]，金剪一枝花。
蕊逐蜂须乱，英随蝶翅斜。
带香飘绿绮[4]，和酒上乌纱[5]。
散漫摇霜彩，娇妍漏日华。
芳菲彭泽见[6]，更称在谁家[7]？

【难点疏通】

①公乘亿：生卒年不详，约唐懿宗咸通末前后在世。字寿山。善作赋。咸通十二年(871)始登进士第。为魏博节度使乐彦祯从事，加授侍郎。著有赋集十二卷，诗集一卷。　②陶令：因陶渊明做过彭泽令，故称。　③攒：聚拢。　④绿绮：古琴名。也泛指琴。　⑤乌纱：即乌巾，也称乌角巾。古代多为隐居不仕者所戴。　⑥见：通"现"。　⑦称：适合。

【诗义解说】

陶渊明家篱边的菊花，到了秋天颜色更是十分的佳。聚集起千片翠绿的叶子，好像用金色的剪子剪出一朵朵鲜花。蜜蜂的须子在花蕊上乱动，花瓣随着蝴蝶翅膀的飞动而倾斜。花的香气飘到了绿绮琴上，伴着美酒飘上了头上戴着的乌纱。随风而动的花枝摇出点点霜花，娇美的花朵漏下片片日华。只要有菊花盛开的地方就有陶渊明出现，那么现在这样美丽的花朵更应开在谁家？

明·王中立《双猫菊石图》

王中立，字子和，明万历、天启年间画家，以画花鸟见长。图中湖石玲珑剔透，菊花正在盛开，石旁有两只可爱的猫栖息在草地上，大猫横卧，小猫趴在大猫的身上，俨然一个顽皮的孩子。更妙的是，菊花好像在石后窥视它们。湖石以枯笔勾勒，水墨晕染；菊花以勾花点叶法写出。双猫用笔独特，以细笔写出轮廓、毛爪、脸目，用干笔略加敷彩，粗疏雅拙，却有妙趣横生之感，与背景对照鲜明。

对菊

[唐]贾岛[1]

九日不出门[2]，十日见黄菊。
灼灼尚繁英[3]，美人无消息[4]。

【难点疏通】

①贾岛(779～843)：字浪先。范阳(今北京附近)人。早年出家为僧，号无本。元和六年(810)春至洛阳，拜谒韩愈，以诗深得赏识后还俗。文宗时因涉诽谤，贬长江(今四川蓬溪)主簿。开成五年(840)迁普州(今四川安岳县)司仓参军。会昌三年(843)在普州去世。其诗在晚唐形成流派，影响颇大。 ②九日：指九月九日重阳节。 ③灼灼：鲜明的样子。 ④美人：古时常用来比喻君上或有修养学识的人。

【诗义解说】

重阳节那天没有走出门去，十日那天才看见金黄的菊花满畦。盛开的菊花格外鲜艳茂盛，可是美人那里还是没有消息。

明·赵备《四季花卉图卷·菊》

赵备，生卒年不详，号湘南，鄞(今浙江宁波)人。善于写竹，纵横雄逸。亦工山水、花卉。此幅长卷所绘花卉多种，有牡丹、兰花、桃花、玉兰、蔷薇、水仙、菊花等，一花一题，用笔酣畅，色彩艳而不俗。这里选的是菊花一段，上题有诗句云：“一生秀色唯青女，千载清风有白衣。”

将赴湖州留题亭菊　[唐]杜牧①

陶菊手自种，
楚兰心有期②。
遥知渡江日，
正是撷芳时③。

【难点疏通】

①杜牧(803～约852)：字牧之，号樊川居士，京兆万年(今陕西西安)人。唐文宗大和二年进士，授宏文馆校书郎。后赴江西观察使幕，转淮南节度使幕，历任史馆修撰，膳部、比部、司勋员外郎，黄州、池州、睦州刺史等职，最终官至中书舍人。晚唐杰出诗人，尤以七言绝句著称。擅长文赋，其《阿房宫赋》为后世传诵。　②楚兰：楚地的兰花。也泛指兰花。心有期：心中与之有个约定。　③撷芳：采摘花朵。

【诗义解说】

陶家的菊花是我亲手栽种，心中与楚地的兰花有个约定。在遥远的地方得知我渡过长江的日子，正是人们摘取花朵的时辰。

明·沈仕《花卉卷·菊》

沈仕(1488～1565)，字懋学，一字子登，号青门、青门山人，仁和(今浙江杭州)人。工诗书画，山水、花鸟之风神气韵高出流辈，书法以行草见长。这是一幅长卷，所画为折枝没骨花卉，分十段，均有行书题跋。所绘花卉，用笔细腻，颜色艳丽，栩栩如生。这里选的是菊花一段。花朵用淡墨勾出花瓣，再染以黄色，脉络清晰。菊叶用淡墨渲染，再用浓墨勾出纹理，构图简洁，但十分生动。

折菊 [唐]杜牧

篱东菊径深，
折得自孤吟。
雨中衣半湿，
拥鼻自知心①。

【难点疏通】

①拥鼻：即“拥鼻吟”。据《晋书·谢安传》：“安本能为洛下书生咏，有鼻疾，故其音浊，名流爱其咏而弗能及，或手掩鼻以效之。”后以“拥鼻吟”称用雅音曼声吟咏。

【诗义解说】

篱笆东边菊花丛中的小径很深，折下来一朵菊花自己在独地咏吟。小雨沙沙衣服已经湿了一半，曼声吟咏我知道获得了陶渊明爱菊的那份心。

明·沈周《盆菊幽赏图》

沈周(1427～1509)，字启南，号石田，晚年自称白石翁，是明中叶画坛上四大艺术家(另三人为文徵明、唐寅、仇英)之一，人称江南“吴门画派”的班首，在画史上影响深远。此图右下侧树木掩映中置一茅亭，亭内三人围桌畅饮，一青衣童子执壶侍立于旁，有围栏环绕，栏边放着许多盆秋菊，花团锦簇，五颜六色，隔水林木稀疏。画法谨严，用笔工稳，色彩丰富。

菊

[唐]李商隐①

暗暗淡淡紫，融融冶冶黄②。
陶令篱边色，罗含宅里香③。
几时禁重露④，实是怯残阳。
愿泛金鹦鹉⑤，升君白玉堂⑥。

【难点疏通】

①李商隐(约812～约858)：字义山，号玉溪生、樊南生。祖籍怀州河内(今河南沁阳市)，生于荥阳(今河南荥阳)。曾任弘农尉、佐幕府、东川节度使判官等职。诗作文学价值很高，与杜牧合称“小李杜”，与温庭筠合称“温李”，与同时期的段成式、温庭筠风格相近，且都在家族里排行十六，故并称为“三十六体”。②融融冶冶：美丽娇艳的样子。③罗含：晋时人。据《晋书·文苑传》：“罗含致仕还家，阶庭忽兰菊丛生，以为德行之感。”④禁：制止。⑤金鹦鹉：镀金的鹦鹉螺酒杯。⑥白玉堂：神仙所居之处。也泛指富贵人家的宅院。

【诗义解说】

紫色的菊花开得淡雅深暗，黄色的菊花穿上了妖娆艳装。这就是陶渊明篱笆边菊花的颜色，也是从罗含宅中飘出的清香。什么时候能够制止重重的露水，那实在是害怕太阳落下山梁。多愿端起金色的鹦鹉螺酒杯，到您那白玉装饰的厅堂之上。

明·沈周《菊花文禽图》

图绘一束菊花顶天立地，傲霜斗雪，气势磅礴。菊下一只文禽正仰头向上，看着在向它飞来的两只小鸟，它们好像在对话交流，极富生活情趣。菊叶墨色浓重，菊花用墨笔勾勒，层次分明。

野菊

[唐]李商隐

苦竹园南椒坞边①，微香冉冉泪涓涓②。
已悲节物同寒雁③，忍委芳心与暮蝉。
细路独来当此夕④，清尊相伴省他年⑤。
紫云新苑移花处⑥，不取霜栽近御筵。

【难点疏通】

①苦竹园：《永嘉郡志》："乐成县张荐，隐居颐志，不应辟命。家有苦竹数十顷，在竹中为屋，恒居其中，一郡号为高士。"椒坞：长满花椒树的山坳。 ②冉冉：轻轻飘动的样子。 ③节物：应时节的景物。 ④细路：狭窄的小路。 ⑤省：记起。 ⑥紫云：一作"紫微"，指帝王的宫殿。

【诗义解说】

在苦竹园南长满椒树的山坳边，飘动着淡淡的香味露珠如泪滴连连。可悲的是寒冷的秋风改变了季节景物大雁在寒风中南去，怎忍心看到被摧残的鲜花如同秋晚的鸣蝉。在这太阳将落的傍晚独自一人沿着小路来到这里，一杯清酒相伴让我想起了以往的桩桩件件。宫中又建新苑移来了许多花草，却不让霜天才开的野菊靠近御宴。

明·文嘉《黄花修竹图》

文嘉(1501～1583)，字休承，号文水，文徵明之子，长洲(今江苏省苏州)人。能诗，工书，小楷清劲，亦善行书。善画山水，兼作花卉。精于鉴别古书画，工石刻，为明一代之冠。此图下部用淡墨勾出山坡，坡上菊花与翠竹簇拥在一起，犹如一片森林。菊花在绿叶的衬托之下正在盛开，格外茂盛。竹叶用墨笔撇出，菊叶用淡墨晕染，再用浓墨勾出脉络。郁郁葱葱，朝气蓬勃。

和马郎中移白菊见示

[唐]李商隐

陶诗只采黄金实[①]，郢曲新传白雪英[②]。
素色不同篱下发[③]，繁花疑自月中生。
浮杯小摘开云母[④]，带露旋移缀水精[⑤]。
偏称含香五字客[⑥]，从兹得地始芳荣。

【难点疏通】

①“陶诗”句：陶渊明的诗中有许多写采菊花的诗句。据《本草》：“九月采花，十一月采实。” ②郢曲：宋玉《对楚王问》：“客有歌于郢中者，其为《阳春白雪》，属和者不过数十人。”此句意谓马郎中诗写得好。 ③素色：白颜色。 ④云母：本为一种矿石，这里指白色的花朵。 ⑤水精：即水晶，一种贵重矿石。这里指像水晶一样的露珠。 ⑥偏称：最适宜。五字客：三国时人钟会因替虞松所呈表文改定五个字而受到重用。后用“五字客”形容能写好文章的人。

【诗义解说】

陶渊明的诗中只写采摘菊花，而从楚地歌曲中传来像《阳春白雪》那样咏菊花的篇什。各种不同颜色的花朵在篱笆下开放，似锦的繁花让人怀疑是从月中出生。把酒倒满摘下一朵白色鲜花，移来的植株上挂满了露珠如闪闪的水晶。含有香气的白菊花最适宜文章高手来写，从此得到最适合生长的环境开始茂盛。

明·孙隆《秋菊图》

孙隆，一作孙笼，生卒年不详。字从吉，又字廷振，武进(今江苏常州)人。幼颖异，风格如仙。画翎毛草虫，全以彩色渲染，饶有生趣。画梅甚工，时称“孙梅花”。图绘一株折枝菊花，顶部三朵菊花花大而艳，还有几个花蕾正等着开放，在浓墨晕染的花叶衬托下显得十分突出。菊枝用墨随意勾勒，颇具豪放之气。

江行无题一百首之五十九

[唐]钱珝[1]

从菊生堤上，
此花长后时[2]。
有时还采掇[3]，
何必在春期？

【难点疏通】

①钱珝(xǔ)：生卒年不详，字瑞文，吴兴(今浙江吴兴县)人。钱起曾孙。乾符六年(879)举进士，累迁尚书郎。乾宁二年(895)升为知制诰，又升任中书舍人。兴化三年(900)出为抚州(今江西省抚州市)司马。后不知所终。《全唐诗》录其诗一百零八首，编为一卷。 ②长后时：总是开在最后。 ③采掇：拾取，摘取。

【诗义解说】

一丛丛的菊花生长在堤坝之上，这种花总是开在季节的最后。即使在这个时候也有花可采，为什么一定要在季节的春头？

明·米万钟《竹石菊花图》

米万钟(1570～1628)，关中(今陕西一带)人，米芾之后。山水画细腻工整，布局深远，行书和草书深得家传，与邢侗、董其昌、张瑞图并称“明末四大书家”。此图绘几块湖石大小不一，右侧一块只露出半边，大部隐于画外，如磐石般稳重，另一块则向左倾斜，下有一块小石欲将其撑住。石后翠竹高挑，破出画面，两株菊花迎风摇曳。用笔工整，墨色浓淡相间，使画面具有空间感和韵律感。

江行无题一百首之八十 [唐]钱珝

晚菊绕江垒①，忽如开古屏②。
莫言时节过，白日有余馨。

【难点疏通】

①垒：堤坝。 ②古屏：古代样式的屏风。

【诗义解说】

开在秋季的菊花环绕着江堤，就像展开了一面古式的屏风。不要说时节已经过去，到了白天仍然可以闻到淡淡的清馨。

明·李流芳《花卉图册·竹菊》

李流芳(1575～1629)，字长蘅，一字茂宰，号檀园、香海、泡庵。歙县(今属安徽)人，侨居嘉定(今属上海市)。万历三十四年(1606)举孝廉，为人耿直，诗风清新自然，文品为士林翘楚，与娄坚、程嘉燧等合称“嘉定四先生”。擅画山水，工书法，又精篆刻。此图右侧绘有一束竹子，叶子大都脱落，只有几片仅存，写出了秋的凛冽。但从竹丛中伸出的一枝菊花，仍然十分茂盛，绿叶婆娑，鲜花盛开。三朵菊花，有浓有淡，层次井然。随意点出的菊叶，墨色淋漓，苍劲有力。

白菊 [唐]许棠[1]

所尚雪霜姿，非关落帽期[2]。
香飘风外别，影到月中疑。
发在林凋后，繁当露冷时。
人间稀有此，自古乃无诗[3]。

【难点疏通】

①许棠：生卒年不详，约唐懿宗咸通年间前后在世。字文化，宣州泾县(今属安徽)人。咸通十二年(871)进士及第，调泾县尉，又曾为江宁丞。后辞官，潦倒以终。工诗文。以作洞庭诗著名，时号“许洞庭”。 ②落帽：据《晋书·孟嘉传》，九月九日，桓温在龙山设宴，风把孟嘉的帽子吹落，孟无反应。过了一会儿孟嘉上厕所，回来后桓温让人把帽子取来还给他，并让孙盛作文嘲笑他。他看到后，挥手写文答之，文甚美，在座的无不感叹。后以“落帽”作为重九登高的典故。 ③无诗：指没有写白菊的诗。

【诗义解说】

我所崇尚的就是雪霜中盛开的姿态，与九月九日重阳节没有关系。秋风吹来菊花的香气别有一番味道，看到菊花摇动的身影怀疑是在皎月里。菊花开在树木凋落之后，盛开在露水寒冷的时期。人世间很少有这样的花朵，却自古以来没有人写咏白菊的诗。

明·蓝瑛《拒霜秋鸟图》

蓝瑛(1585～1664，一作1585～约1666)，明代杰出画家。字田叔，号蝶叟，晚号石头陀、山公、万篆阿主者、西湖研民。钱塘(今浙江杭州)人。浙派后期代表画家之一。工书善画，长于山水、花鸟、梅竹，尤以山水著名。此图构图险怪，一块巨石从图的右侧中部伸出，倾斜欲倒，上有一树劲挺，绽放的花朵层层叠叠，另有蓓蕾立于枝头。一鸟落在树干上，神态自若，石的上下有菊花、嫩竹数株。特点是以疏胜密，花、鸟、石皆在右侧，左侧留白，大有秋风萧瑟之感，但仍不失勃勃生机。

采菊

[唐]李建勋[1]

簇簇竟相鲜，一枝开几番。
味甘资曲糵[2]，香好胜兰荪[3]。
古道风摇远，荒篱露压繁。
盈筐时采得，服饵近知门[4]。

【难点疏通】

①李建勋(约872～952)：字致尧，广陵(今江苏扬州)人。南唐主李昪镇金陵，用为副使，拜中书侍郎同平章事。昪升元五年(941)放还。嗣主李璟召拜司空。以司徒致仕，赐号钟山公。能属文，尤工诗。 ②资：取用，利用。曲糵：酿酒的酒母。 ③兰荪：即菖蒲，一种香草。 ④服饵：服食丹药，道家的一种养生延年术。知门：智慧之门。知通“智”。

【诗义解说】

一簇簇菊花争奇斗艳，一株上的花朵几次都开不尽。甘甜的味道可以用作酿酒的酒母，浓郁的香气胜过了兰荪。古老的道路上菊花在秋风中摇曳，荒凉的篱笆边菊枝上的露水浓重。趁着盛开时节采了满满一筐，把菊花当作食物就可近于智慧之门。

明·陈洪绶《花鸟图屏·秋》

陈洪绶(1599～1652，一作1598～1652)，字章侯，号老莲、悔迟，浙江诸暨人。能诗文，善书画，山水、花卉、人物皆佳，尤以人物画成就最高。与崔子忠齐名，时有“南陈北崔”之称，又与蓝瑛、丁云鹏、吴彬合称“明末四大怪杰”。图下绘一组山石，有溪水从山石中流出，另有一块嶙峋的怪石，从左向右倾斜，石下有嫩竹几株，石上白菊盛开，右中部伸出一枯干，上有仅存的几片红叶，一只秀色小鸟安详地伏在上面，若有所思。山石用披麻皴，青绿点苔。颜色搭配合理，艳而不俗。

赋得菊送德林郎中学士赴东府 [唐]萧彧[1]

离情折杨柳[2]，此别异春哉。
含露东篱艳，泛香南浦杯[3]。
惜持行次赠[4]，留插醉中回。
暮齿如能制[5]，玉山甘判颓[6]。

【难点疏通】

①萧彧：字文彧。曾任少卿之职。《全唐诗》录其诗作二首。余皆不详。 ②折杨柳：古代送别有折杨柳的习俗。取“柳”的谐音“留”。 ③南浦：南面的水边。泛指送别之地。 ④行次：行走在路上。 ⑤暮齿：老年。 ⑥玉山：《晋书•裴楷传》：“楷风神高迈，容仪俊爽，博涉群书，特精理义，时人谓之‘玉人’。又称见裴叔则(裴楷字)如近玉山，映照人也。”后以“玉山”喻俊美的仪容。判颓：舍弃衰老。判，舍弃。

【诗义解说】

满怀离别之情折下一枝杨柳，这次离别比春天更让人回味。东篱下艳丽的菊花上沾满了露水，在送别之地端起充满香气的酒杯。摘下一枝十分珍惜地赠送给远行之人，再留下一枝插在头上醉中带回。如果能够制止衰老的到来，娇美的容颜就不会变得衰颓。

明•陈洪绶《花鸟草虫图》

此图打破了时空界限，把不同时期的花卉集中到一起，创造了一种新的意境。图上绘有桃花、菊花、梅花、牵牛花和萱花，同时绘有小鸟、蝴蝶、螳螂等动物。作者用笔极为工细，梅树干的纹理，螳螂的动作，小鸟的羽毛，牵牛的花叶，无不栩栩如生，充满自然之趣。

白菊

[唐]张蠙[1]

秋天木叶干，犹有白花残。
举世稀栽得[2]，豪家却画看[3]。
片苔相映绿[4]，诸卉独宜寒。
几度携佳客，登高欲折难。

【难点疏通】

①张蠙：生卒年不详，约唐哀帝天复初前后在世。字象文，清河(今山东临清)人。乾宁二年(895)登进士第，授校书郎，调栎阳尉，迁犀浦令。王建建蜀国时，拜膳部员外郎。后为金堂令。与许棠、张乔等齐名，称“十哲”。②稀：很少。③画看：画成画来看。④苔：苔藓。

【诗义解说】

秋天的树叶都已经干枯，却还可看见败残的白菊花瓣。整个天下都很少有人栽这种菊花，可豪门贵族却把它当画来看。一片片苔藓还泛着绿色，各种菊花都适合在寒冷的秋天。几次携同亲朋好友，登上高处想要摘得白菊却很难。

明·陈洪绶《蓝菊蜘蛛图》

图中左下角有一组湖石，有卧有立。石头周围盛开着朵朵蓝色的菊花。有一株长长的野草从石缝里伸出，上面结有蛛网，网硕大而细密，一只蜘蛛在网中央，正向前面不远处一只自投罗网的飞虫爬去，显得紧张而兴奋。作者用没骨法描绘菊花和草，花瓣用浓墨画出，中间用石青点画，使花格外艳丽。蛛网用细笔层层绘出，工整细腻，甚至都可看到飞虫的细腿。

刘员外寄移菊

[唐]李山甫[1]

秋来缘树复缘墙[2]，怕共平芜一例荒[3]。
颜色不能随地变[4]，风流唯解逐人香[5]。
烟含细叶交加碧[6]，露拆寒英次第黄[7]。
深谢栽培与知赏[8]，但惭终岁待重阳。

【难点疏通】

①李山甫：生卒年籍贯均不详，约唐僖宗乾符初前后在世。累举不第，郁郁不得志，每狂歌痛饮。流寓河朔间，为魏博幕府从事。后不知所终。著有诗集一卷，赋集二卷。 ②缘：围绕。 ③共：和。平芜：杂草丛生的原野。一例：一样。 ④随地：随着不同的地域。 ⑤逐人：追赶着人。 ⑥交加：更加。 ⑦拆：开花。次第：按照顺序。 ⑧知赏：知己观赏。

【诗义解说】

秋天到来菊花绕着树又缘着墙生长，怕的是与杂草丛生的原野一起荒凉。它的颜色不会随着地域的变化而变化，它的风韵却懂得追随着人散发芳香。烟雾笼罩下细碎叶子更加碧绿，露水催开寒冷中的花朵一个接一个变得金黄。深深地感谢对菊花的栽培与知己的欣赏，可遗憾的是一年到头才等来一次重阳。

明·陈洪绶《梅菊图》

图绘一株梅树，枝干向左右伸展，树干上盛开着朵朵梅花，一束菊花居中，仰天盛开，梅的暗香、菊的清香纷纷迎面扑来。左右均留出广阔空间，以示秋的萧索。树干用墨较重，使画面获得了稳定。淡墨染菊叶，再用浓墨勾出纹理，梅花与菊花均用淡彩描绘，繁而不乱，艳而不俗。

幽居有白菊一丛因而成咏呈知己 [唐]陆龟蒙[1]

还是延年一种材，即将瑶朵冒霜开[2]。
不如红艳临歌扇，欲伴黄英入酒杯。
陶令接篱堪岸著[3]，梁王高屋好欹来[4]。
月中若有闲田地，为劝嫦娥作意裁[5]。

【难点疏通】

①陆龟蒙(?～881?)：字鲁望，自称江湖散人，号天随子、甫里先生。吴郡(今江苏苏州)人。自幼聪颖。举进士不第，曾任湖州、苏州从事。后隐居松江甫里。与皮日休为吟友，世称“皮陆”。诗清丽澹冶，时有佳句，为晚唐高手，开宋人诗风。文亦甚佳。②瑶朵：玉一样的花朵。 ③接篱(lí)：古代头巾的一种。堪：能够，胜任。岸著：将帽上推，露出前额。 ④梁王高屋：作者自注：“梁朝有白纱高屋帽。”高屋帽，顶部高起的帽子。欹：倾斜着。 ⑤作意：任意，随意。

【诗义解说】

白菊是一种延年益寿的材料，它那玉般的花朵就要冒着霜开。不如红艳的花朵可以靠在歌扇之旁，但还打算伴着黄花进入酒杯。陶渊明戴着接篱巾露出高高的额头，好倾斜着戴着高屋帽走去走来。月中如果有空闲的田地，那我就要劝嫦娥任意植栽。

明·陈洪绶《花鸟图·铜瓶白菊》

图绘一个铜瓶，上面锈迹斑斑，给人一种厚重感。瓶中插着一束菊花，菊叶在逐渐干枯，有的地方已经露出了孔洞，显然经受了秋风秋雨的严厉摧残。但两朵菊花仍然不失艳丽，给人留下了一丝希望。

重忆白菊

[唐]陆龟蒙

我怜贞白重寒芳[1]，前后丛生夹小堂。
月朵暮开无绝艳，风茎时动有奇香。
何惭谢雪清才咏[2]，不羡刘梅贵主妆[3]。
更忆幽窗凝一梦，夜来村落有微霜。

【难点疏通】

①怜：爱。贞白：纯洁清白。 ②谢雪清才咏：见许浑《南海使院对菊怀丁卯别墅》注⑤。清才：卓越的才能。 ③刘梅贵主妆：南朝宋武帝刘裕的女儿寿阳公主，曾卧于含章殿檐下，梅花落其额上成五出之花，拂之不去。妇女多效之，称“梅花妆”，也称“寿阳妆”。贵主：尊贵的公主。

【诗义解说】

我爱白菊的洁白看重其凌寒开放的风姿，我家屋前屋后在一丛丛地生长。夜暮到来月下开花没有什么特殊的艳丽，风动枝摇却有奇特的芳香。面对谢道韫咏絮的才能有什么可惭愧，也不羡慕寿阳公主那样的梅花妆。又回忆起在幽深的窗前做了一梦，夜晚到来村里下了一场微霜。

明·陈洪绶《冰壶秋色图》

图上绘有一大一小两个花瓶，大瓶里插着白菊花和一束树枝，小瓶里亦插着白菊花和茶花。树枝上的叶子已经变红，并在逐渐枯萎，而菊花则开得正艳。大瓶透明，可看到里面的枝干，而小瓶则不透明，以示变化。左侧录有长篇题词，字有浓有淡，犹如斑驳的秋叶，相互映衬，互为表里。

忆白菊 [唐]陆龟蒙

稚子书传白菊开①，
西成相滞未容回②。
月明阶下窗纱薄，
多少清香透入来。

【难点疏通】

①稚子：幼子。 ②西成：秋天庄稼成熟，农事告成。《尚书·尧典》：“平秩西成。”孔颖达疏：“秋位在西，于时万物成熟。”

【诗义解说】

小儿写信来说白菊已经开花，庄稼已经成熟却滞留在外不能回家。月亮东升照在台阶之下窗帘轻薄，又有许多菊的清香透进了窗纱。

明·陈洪绶《花鸟图》

图绘一块湖石奇形怪状，像一个老态龙钟的老人弯腰驼背。一株枯树，叶子已经全部掉光，只有湖石背后金黄色的菊花仍在盛开，为枯寂的环境增加了一丝亮色。而树上落着的那只小鸟，使画面顿时活了起来。

军事院霜菊盛开因书一绝寄崔谏议

[唐]皮日休[1]

金华千点晓霜凝[2]，
独对壶觞又不能。
已过重阳三十日，
至今犹自待王弘[3]。

【难点疏通】

①皮日休(839～约902)：字逸少，后改袭美。居鹿门山，自号鹿门子。襄阳竟陵(今属湖北天门市)人。懿宗咸通八年(867)登进士第，入京为太常博士，出为毗陵副使。黄巢入长安称帝，任为翰林学士。与陆龟蒙相识，并与之唱和，时称“皮陆”。②金华：菊花的美称。③王弘：南朝宋王导之孙。武帝时任镇军咨议参军，封华容县公。元嘉中进位太保，领中书监。据记载，一年重阳节，陶渊明无酒饮，枯坐菊花丛中，正在这时王弘送酒而来。

【诗义解说】

无数朵菊花上面都凝结着轻霜，独自一人端杯自饮又不可能。已经过了重阳三十多天，直到现在还等着送酒的王弘。

明·陈洪绶《陶渊明故事·采菊》

图绘陶渊明坐在一块石头之上，手持一束菊花，正放在鼻前用心地闻着，表情有些茫然但却投入。身旁放着一把琴，另一侧放着一只碗，碗倒扣着，说明已经无酒可饮。衣纹用笔爽利，石的纹理用笔有力。

奉和鲁望白菊

[唐]皮日休

已过重阳半月天，琅华千点照寒烟[①]。
蕊香亦似浮金靥[②]，花样还如镂玉钱[③]。
玩影冯妃堪比艳[④]，炼形萧史好争妍[⑤]。
无由擿向牙箱里[⑥]，飞上方诸赠列仙[⑦]。

【难点疏通】

①琅华：琅玕树(一种传说中的仙树)所开之花，常以美称白花。 ②金靥：唐五代妇女在面颊上点染的一种金黄色妆饰。 ③镂：雕刻。玉钱：古代玉制钱币。 ④玩影：照镜欣赏自己的身影。冯妃：即北齐后主高纬的宠妃萧淑妃，“慧黠，能弹琵琶，工歌舞。后主惑之，坐则同席，出则并马，愿得生死一处。”北周军攻晋州，淑妃与帝观战，败后逃至洪洞，仍“粉镜自玩”。(《北史•后妃传》) ⑤炼形：道家修炼形体的方法。萧史：相传为秦穆公时人，善吹箫能致孔雀白鹤于庭。穆公以女弄玉妻之。萧史教弄玉吹箫作凤鸣后，凤凰来集其屋，后二人随凤飞去。 ⑥无由：没有途径。擿(zhì)：投掷。牙箱：用象牙装饰的箱子。 ⑦方诸：传说中仙人居住的地方。

【诗义解说】

重阳节已经过去了半个多月，美丽的白色花朵仍在寒冷的烟雾中放出笑脸。花蕊的香气就像贴在女人脸上的金靥，花的模样就像雕刻的玉钱。它的艳丽可与顾影自怜的冯妃相比，也可与炼出仙人形体的萧史争艳。没有办法把它放在用象牙装饰的箱子里，只好飞到方诸那里献给各位神仙。

明•陈洪绶《为豫和尚画•蛱蝶竹菊图》

画面构图简单，一根竹枝，一枝菊花，一只蝴蝶。竹用淡墨勾画，置于菊的后面，菊的叶和花颜色都要比竹重一些，成为菊的衬托。菊叶用淡墨擦染，再勾出纹理。花有三朵，一为盛开，一为半开，一为含苞，层次井然。蝴蝶用笔工细，翅膀上的纹理、斑点以及须子都十分清晰，可看出作者的写实能力。

十月菊

[唐]郑谷[1]

节去蜂愁蝶不知[2]，晓庭还绕折残枝。
自缘今日人心别[3]，未必秋香一夜衰。

【难点疏通】

①郑谷：生卒年不详，字守愚，宜春(今属江西)人。僖宗时进士，因曾任都官郎中，人称“郑都官”。又以《鹧鸪诗》得名，人称“郑鹧鸪”。其诗多写景咏物之作，表现士大夫的闲情逸致。风格清新通俗，但流于浅率。曾与许裳、张乔等唱和往还，号“芳林十哲”。②节：指重阳节。③缘：因为。别：不同。

【诗义解说】

重阳节已过蜜蜂感到忧愁而蝴蝶却不知晓，早晨起来看见房屋前它们绕着残菊飞舞。只是因为现在的人心与以往不同，但秋菊的香气不一定一夜间就会消除。

明·陈洪绶《三处士图》

处士，古代指有才德而隐居不做官的人，后也指未做过官的士人，人们对此又加以引申，把德高望重、淡泊名利的人也称为处士。陈洪绶此图所绘三处士是指梅花、菊花和水仙，是作者对它们的赞美。画面上的三处士，梅和水仙用笔墨较淡，菊叶用重墨，墨笔勾出花瓣，层次分明，高雅之气跃然纸上。

菊

[唐]郑谷

王孙莫把比荆蒿①，
九日枝枝近鬓毛②。
露湿秋香满池岸，
由来不羡瓦松高③。

【难点疏通】

①王孙：贵族子弟。荆蒿：野生的灌木杂草。 ②近鬓毛：插在鬓角上。 ③瓦松：一种生在瓦上或深山石缝里的草。

【诗义解说】

贵族子弟不要把菊花比作荆棘蒿草，九月九日开的菊花每一朵都可插在头上。露水打湿了秋菊香气满池满岸，她从来就不羡慕瓦松长得高。

明·陈洪绶《橅古双图·菊石图》

图绘一块巨石，石上长着几株菊花，菊叶翠绿，菊花鲜艳，似乎可嗅到一股淡淡的清香。石用淡墨皴擦，浓墨点苔。菊叶用淡墨擦染，再用浓墨勾出筋骨。硕大的花朵白里透着金黄，还有一些未开的骨朵和半开的小花，昭示着生命的韵律。

菊

[唐]郑谷

日日池边载酒行①，
黄昏犹自绕黄英②。
重阳过后频来此③，
甚觉多情胜薄情。

【难点疏通】

①载酒：带着酒。②犹自：尚自，仍然。③频：多次。

【诗义解说】

每天都带着酒在池边散步，黄昏的时候仍然绕着菊花走来走去。重阳节过后到这里来过多次，深深地感到多情还是比寡情有益。

明·陈洪绶《橅古双图·折枝菊图》

图上绘有一枝折下的菊花，可看到折下的白碴。菊叶从下往上，有的已经枯黄，并有干枯的孔洞，有的十分浓绿，充满生机。有两朵盛开的菊花，由里向外呈放射状，还有半开和未开的骨朵。虽仅一枝，却内容丰富。

恩门小谏雨中乞菊栽①

[唐]郑谷

握兰将满岁②，栽菊伴吟诗。
老去慵趋世③，朝回独绕篱④。
递香风细细，浇绿水瀰瀰⑤。
只共山僧赏，何当国士移⑥。
孤根深有托⑦，微雨正相宜。
更待金英发，凭君插一枝。

【难点疏通】

①恩门：师门。小谏：唐代谏官拾遗的别称。 ②握兰：汉应劭《汉官仪》卷上："(尚书郎)握兰含香，趋走丹墀奏事。"后以"握兰"指皇帝左右处理政务的近臣。满岁：满一年。 ③慵：懒。 ④朝回：上朝回来。 ⑤瀰瀰：水满的样子。 ⑥国士：一国中才能最优秀的人物。 ⑦托：寄托。

【诗义解说】

在朝中做官已经快满一年，一边栽菊花一边吟着新诗。年纪越来越大懒得去追求世俗名利，下朝回来总是独自一人散步绕着竹篱。细细的微风送来阵阵香气，充足的灌溉使植株长得很绿。这些只供隐居深山的出家人欣赏，哪里值得国内优秀人才前来移植。孤独的花根深深扎在土里是有所寄托，微微的细雨正适合菊花的展叶抽枝。正在等待菊花开出艳丽的花朵，任凭您摘一朵插在头上都十分相宜。

明·朱拱榣《竹菊石图》

朱拱榣(？～1559)，明太祖六世孙，封乐安端简王，号眠云。以文雅才辩著称，精绘事，写兰石妙绝一时。图的右侧绘有湖石一通，石的前后各有盛开的菊花，石下有翠竹几竿，野草如茵。左侧则是一片空白，给人以空际无限之感。菊花在绿叶衬托下十分艳丽，湖石用横笔直皴，孔洞鲜明。翠竹用双勾，染以汁绿，匍匐在菊下，把菊花彰显得十分高大。

奉和陆鲁望白菊

[唐]郑璧①

白艳轻明带露痕②，始知佳色重难群。
终朝疑笑梁王雪③，尽日慵飞蜀帝魂④。
燕雨似翻瑶渚浪⑤，雁风疑卷玉绡纹⑥。
琼妃若会宽裁剪⑦，堪作蟾宫夜舞裙⑧。

【难点疏通】

①郑璧：唐末江南进士。《全唐诗》存诗四首。余不详。 ②轻明：轻丽明艳。 ③梁王雪：汉梁孝王刘武建梁苑，故址在今河南开封。南朝宋谢惠连写《雪赋》，曲尽梁苑雪景，被称为妙文。后以"梁王雪"用作赞美他人诗文的典故。也称"梁苑雪"。 ④蜀帝魂：指杜鹃鸟。相传蜀王望帝死后化为杜鹃鸟。 ⑤燕雨：有燕子绕飞其间的小雨。瑶渚：景色清秀的水中小洲。 ⑥雁风：秋风。玉绡：美丽的丝巾。 ⑦琼妃：仙女。 ⑧蟾宫：月亮。

【诗义解说】

洁白而轻明艳丽的花朵上带着露痕，这才知道美丽的颜色难以合群。从早到晚怀疑嘲笑写梁苑《雪赋》那样的文章，整天都懒得像杜鹃鸟那样去飞行。细雨沙沙就好像翻动景色秀丽小洲边的波浪，秋风吹来让人觉得好像卷起的漂亮丝巾一样的彩纹。如果仙女善于裁剪衣裳，这就可以作为月宫中仙女跳舞的衣裙。

清·张风《渊明嗅菊图》

张风，生卒年不详，一作鹳，字大风，号升州道士，又号上元老人，上元(今南京)人。崇祯年间诸生。善画，山水称妙，人物、花草亦恬静闲适，神韵悠然。工刻印。全图不置背景，主人公身着长袍，头戴风帽，腰略弯，双手捧菊，在贪婪地嗅着。人物线条简练，表情投入，神态生动，充分显示了陶渊明对菊的热爱。上有题诗一首："采得黄花嗅，唯闻晚节香。须令千载后，相慕有陶张。"

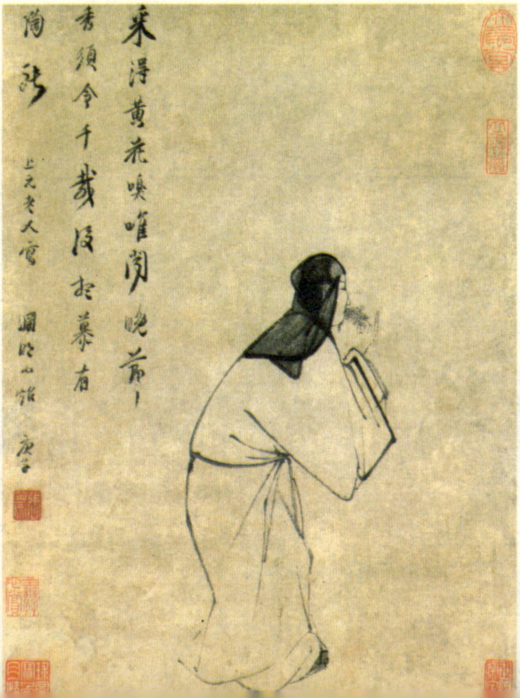

和陆鲁望白菊　[唐]司马都[①]

耻共金英一例开，素芳须待早霜催。
绕篱看见成瑶圃[②]，泛酒须迷傍玉杯。
映水好将萍作伴[③]，犯寒疑与雪为媒[④]。
夫君每尚风流事[⑤]，应为徐妃致此栽[⑥]。

【难点疏通】

①司马都：咸通年间进士。《全唐诗》录其诗二首。余不详。 ②瑶圃：产玉的地方，一般指仙境。 ③萍：一种水草。 ④犯寒：冒着寒冷。 ⑤风流：风雅潇洒。 ⑥徐妃：南朝梁元帝的妃子徐昭佩，嗜酒，性妒，淫荡，年长而色不衰。“徐娘半老”一词就由此而来。此句意谓通过为徐妃栽白菊花，用以提高她的人格，免除低俗。

【诗义解说】

白菊不愿意与其他黄花一起开，白色的花朵须等待早来的霜才能催发。绕篱的菊花看去就像仙境一样，畅饮美酒就应该醉倒在玉杯之下。倒映在水中将与浮萍为伴，冒着寒冷怀疑它与白雪本为一家。做丈夫的若崇尚儒雅之事，就应为徐妃多栽一些这样的白菊花。

清·章声《折枝花卉图》

章声，生卒年不详，约活动于顺治到康熙年间。字子鹤，仁和(今浙江杭州)人。善画山水，笔法严谨。此图绘一年四季花卉二十多种，用笔工细，设色鲜艳，五彩缤纷，结构严谨，技法娴熟。这里选的是菊花一段。

华下对菊

[唐]司空图[1]

清香裛露对高斋[2]，泛酒偏能浣旅怀[3]。
不似春风逞红艳，镜前空坠玉人钗[4]。

【难点疏通】

①司空图(837～908)：字表圣，河中虞乡(今属山西)人。咸通末年进士，官至中书舍人，知制诰。黄巢起义后，隐居中条山王官谷。朱温代唐后，召其任礼部尚书，拒不出山，不食而死。晚唐著名的山水诗人，诗多表现山林遣兴、闲吟自适的情趣，词亦清雅可爱。 ②裛露：被露水打湿。高斋：高大宽敞的房子。 ③泛酒：古人于重阳节用菊花浸泡的酒。浣：涤除，洗去。旅怀：旅途中思乡的心情。 ④玉人：容貌美丽的人。

【诗义解说】

面对着高大宽敞的房子，被露水打湿的菊花散发着清香，饮着菊花酒偏偏能够消除旅途中的思乡情怀。不像春风那样让所有的鲜花都竞相开放，镜子前白白地掉下美人的金钗。

清·沈五集《竹石丛菊图》

沈五集，生卒年不详。字采，号梵陵，山阴(今浙江绍兴)人。陈洪绶弟子，画山水人物，也画花鸟。图绘长松高耸，破出画面，以状其高。松下一通玲珑剔透的湖石，颜色独特。石的前后盛开着丛丛白菊，石后丛篁翠绿。全图设色典雅，构图繁而不乱。

白菊三首之一 [唐]司空图

人间万恨已难平，
栽得垂杨更系情。
犹喜闰前霜未下①，
菊边依旧舞身轻②。

【难点疏通】

①闰：闰月。 ②舞身轻：指树枝随风摇摆。

【诗义解说】

人世间的各种愤恨总是难以平息，只好栽下一棵垂杨来寄托心情。可喜的是因为闰月霜还没有降下，垂杨的枝条仍然在菊花的旁边轻轻舞动。

清·王铎《枯兰复花图》

王铎(1592～1652)，字觉斯，一字觉之。号十樵、一号嵩樵，二号痴仙道人，孟津(今河南孟津)人。明天启二年(1622)进士。入清官至大学士，擢礼部尚书。工诗文。山水皴擦不多，以晕染作气，傅以淡色，沉沉丰蕴，意趣自别。间作兰、竹、梅、石，洒然有物外趣。尤擅书法。据作者介绍，此图为翰林史院大学士宋权家盆兰枯而复花而作。图以兰为主，或生长于山脚，或倒挂于悬崖，间以松、竹、灵芝、石竹、菊花、车前子以及野草等，长卷波澜起伏，内容丰富。这里选的是菊花一段。

白菊三首之二 [唐]司空图

莫惜西风又起来，
犹能婀娜傍池台[①]。
不辞暂被霜寒挫，
舞袖招香即却回[②]。

【难点疏通】

①婀娜：轻盈柔美貌。②却回：回转来。

【诗义解说】

不要惋惜西风又吹了起来，垂杨的枝条仍然在池塘边轻柔摇摆。没有办法暂时受到寒霜的摧残，舞动的枝条沾染上菊花的香气就又回转来。

清·蓝涛《杂画册·草虫》

蓝涛，生卒年不详，清初浙江画家，著名画家蓝瑛之孙，画得家传，所作不多见。图上从右侧中下部伸出一束花草，有野草，有稻穗，有女贞子，有枯枝，还有盛开的菊花。枯枝上叶子仅存几片，报告了深秋季节。枯枝上落着一只蝈蝈，稻穗上落着一只蚂蚱，为枯寂的秋天增加了一缕活力。大面积留白，让人觉得秋高气爽。

白菊三首之三　[唐]司空图

登高可羡少年场，
白菊堆边鬓似霜。
益算更希沾上药[①]，
今朝第七十重阳。

【难点疏通】

①益算：增加岁数，延年。算，寿命。上药：仙药，也指最好的药物。

【诗义解说】

登上高处才感到少年时的场所让人羡慕，在丛丛白菊旁边我的鬓毛已经洁白如霜。想要多活一些年头就更希望用上仙药，到今天已经过了第七十个重阳。

清·蓝涛《杂画册·童趣》

图绘在如茵的草地上有两个儿童，一着红衣，一着蓝衣，正在做游戏，表情天真，稚嫩可爱。右侧上部两株芭蕉十分硕大，高出画面。从芭蕉背后，伸出一束菊花，似在窥视两个孩子。芭蕉用笔工细，可清楚看到叶子的纹理。儿童造型准确，菊花色彩清雅。

和吴子华侍郎令狐昭化舍人叹白菊衰谢之绝次用本韵

［唐］韩偓[①]

正怜香雪披千片[②]，
忽讶残霞覆一丛[③]。
还似妖姬长年后[④]，
酒酣双脸却微红。

【难点疏通】

①韩偓(844～约914)：字致尧，小字冬郎，自号玉山樵人，京兆万年(今陕西西安)人。官翰林学士、中书舍人。黄巢起义军入长安，随昭宗出奔凤翔，进兵部侍郎、翰林承旨。后以不附朱全忠被贬斥，南依闽王王审知而卒。诗多描写艳情，辞藻华丽，有“香奁体”之称。 ②怜：爱。 ③讶：吃惊。 ④妖姬：妖艳的美女。长年：长大。

【诗义解说】

正喜欢带香的雪花覆盖着千片白菊，忽然看到被晚霞映照下的一丛菊花。就像美丽的女子长大以后，酒喝到酣处脸上泛着红霞。

清·方亨咸《花鸟图》

方亨咸，生卒年不详，字吉偶，小字姐哥，号邵村，安徽桐城人。顺治四年(1647)进士，官御史。能文，善书画，精小楷。山水博大沉雄，花鸟意态如生。图上一株长松顶天立地，松下湖石屹立，棱角分明。石前石后有丛丛菊花盛开，一株小树上红叶所剩无几，叶子还在飘落。树上落着一只可爱的小鸟，使画面顿时有了生气。湖石用卧笔横皴，松、菊和红叶均用勾花点叶法，小鸟用笔细腻。

庭前菊

[唐]韦庄[1]

为忆长安烂熳开，
我今移尔满庭栽。
红兰莫笑青青色[2]，
曾向龙山泛酒来[3]。

【难点疏通】

①韦庄(836～910)：字端己，唐末五代诗人。长安杜陵(今属陕西长安县)人，昭宗乾宁元年(894)进士。年轻时生活放荡。后入蜀。王建建立前蜀，自为皇帝，任命他为宰相。诗词都很有名，语言清丽，多用白描手法写闺情离愁和游乐生活。 ②红兰：红色的兰花。③龙山泛酒：见许棠《白菊》注②。

【诗义解说】

为了怀念在长安时看到开得茂盛的菊花，今天我把花移来栽了满院。红色的兰花不要笑这种青青的颜色，用菊花酿造的美酒曾在龙山会上被人们推杯换盏。

清·戴本孝《观菊图》

戴本孝(1621～1693)，清代画家，字务旃，号鹰阿山樵，别号黄水湖渔父、太华石屋叟等，和州(今安徽省和县)人。善画山水，所作多为卷册小景。善用干笔焦墨，构图疏秀，意境清远枯淡。亦工书法及诗。图绘草堂内一老者，旁置盆菊，舍外竹篱环绕。前面几块巨石，如屏风影住。屋后古树虬曲，湖石玲珑。院外有老朋友来访。水上小船载酒而来。上部录有唐王勃《山亭序》全文，下方有作者自题诗：“老眼偏于秋兴奢，晚芳寻遍向山家。篱边移就灯前影，榻畔围成石上花。”表现了作者隐逸生活的雅兴。

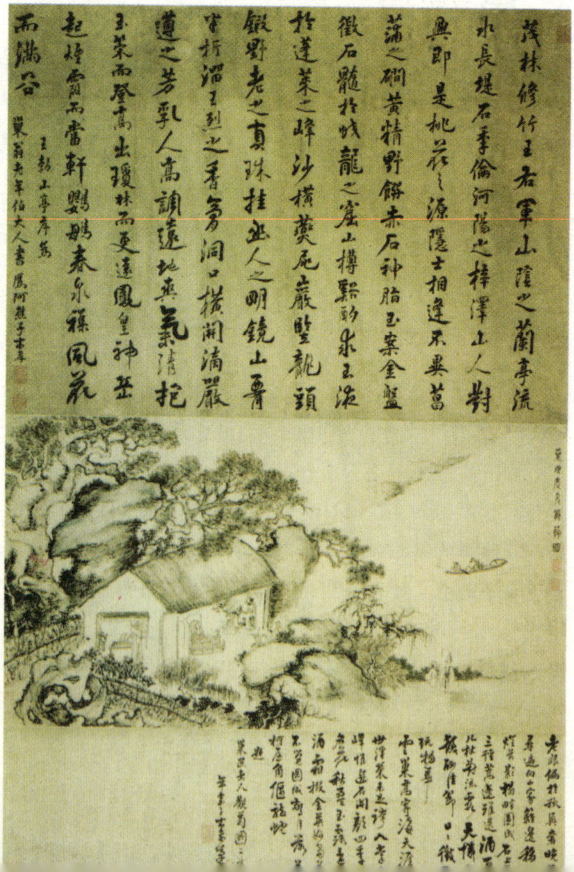

菊

[唐]无可①

东篱摇落后，密艳被寒催②。
夹雨惊新拆③，经霜忽尽开。
野香盈客袖，禁蕊泛天杯④。
不共春兰并⑤，悠扬远蝶来⑥。

【难点疏通】

①无可：范阳(北京附近)人，俗姓贾，诗人贾岛的从弟，诗亦与贾岛齐名。《全唐诗》将其诗编为二卷。 ②密艳：浓艳。 ③夹雨：淅淅沥沥的雨。拆：裂开。 ④禁蕊：皇宫中的花朵。天杯：皇帝宴饮所用的杯。 ⑤共：与。并：同时。 ⑥悠扬：指蝴蝶忽上忽下的样子。

【诗义解说】

东边篱笆下的菊花飘落以后，鲜艳的花朵被寒冷摧残。淅淅沥沥的雨落下来忽然发现菊的花蕾又有些裂开，经过霜打之后菊花就都开得鲜艳。一股清新的野香扑面而来，用宫廷内的花朵制酒参加御宴。不跟春天的兰花开在一起，却有远来的蝴蝶在菊花丛中上下飞转。

清·胡慥《秋菊图》

胡慥，生卒年不详。字公石，金陵(今南京)人。善画山水、花卉，为“金陵八家”之一。图绘菊花叶子浓绿，个别的叶子已经开始枯萎，花瓣婆娑，飘逸的动感，似在迎风挺立。另有两只蜜蜂向花朵飞来，一定是花的芬芳引起了它们的注意。人们仿佛嗅到了花的香气，听到了蜜蜂飞动的声音。

九月菊花咏应制

[唐]广宣[1]

可讶东篱菊，能知节候芳[2]。
细枝青玉润[3]，繁蕊碎金香[4]。
爽气浮朝露[5]，浓姿带夜霜[6]。
泛杯传寿酒[7]，应共乐时康。

【难点疏通】

①广宣：生卒年不详。俗姓廖，四川人。与刘禹锡关系密切，元和、长庆两朝为内廷供奉，赐居安国寺红楼院。今存诗十七首，《全唐诗》编为一卷。 ②节候：时令气候。 ③青玉：青色的玉石。 ④碎金：喻黄色菊花的花瓣。 ⑤爽气：凉爽之气。 ⑥浓姿：艳丽的姿态。 ⑦寿酒：祝寿的酒。

【诗义解说】

令人惊讶的是东边篱笆下的菊花，能够知道什么时节开始开放。细细的枝干像青玉一样润泽，密密的花蕊像碎金一样散发着清香。在秋凉的气息中花上浮着露水，艳丽姿势带着夜晚的白霜。举起杯来向皇帝祝寿，共同度过这快乐美好的时光。

清·朱耷《书画册·菊花》

朱耷(约1626～约1705)，为明江宁献王朱权九世孙，江西南昌人，清初画坛“四僧”之一。字刃庵，晚年取“八大山人”号并一直用到去世。以象征手法抒写心意，如画鱼、鸭、鸟等，皆以白眼向天，充满倔强之气。画山水，多取荒寒萧疏之景，剩山残水，抑塞之情溢于纸上。图的下部绘一枝菊花，枝干用枯笔干墨疾行，时见飞白，再用浓墨点出几片叶子，花瓣亦用枯笔勾出。虽然构图简单，却不失豪壮之气。大面积留白，让人感受到了秋天的枯寂与冷漠。

题菊花

[唐]黄巢①

飒飒西风满院栽②，蕊寒香冷蝶难来。
他年我若为青帝③，报与桃花一处开④。

【难点疏通】

①黄巢(?～884)：曹州冤句(今山东菏泽西南)人。初为盐帮首领，后为反抗唐朝起义军的将领，曾自立为王，建立大齐，史称黄巢起义。退败时死于部下之手。②飒飒：形容风的声音。③他年：将来，以后。青帝：司春之神。④报与：让它跟着。

【诗义解说】

凛冽的西风吹拂着栽满院子的菊花，花蕊充满寒气香味也变得清冷蝴蝶很难到来。将来我若能够成为掌管春天的青帝，我就要让菊花和桃花一起盛开。

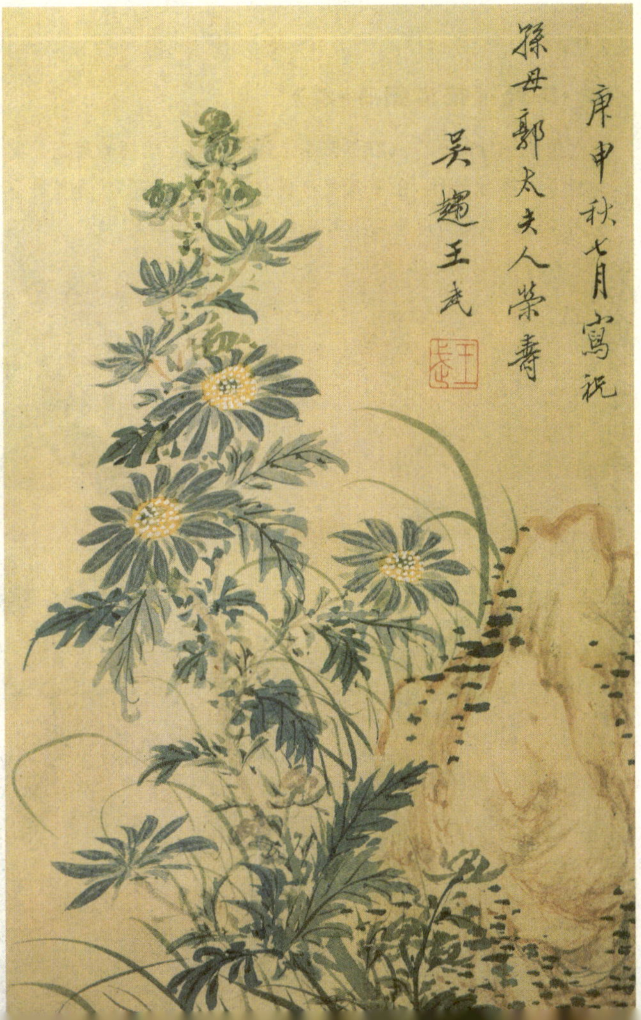

清·王武《花卉图·菊石》

王武(1632～1690)，字勤中，号忘庵，又号雪颠道人，吴县(今江苏苏州)人。精鉴赏，先世富收藏，多宋元名迹，往往心识手追，于传统颇有领悟。擅诗文，工画花卉禽鸟，与恽寿平齐名。以写生为基础，长于勾花点叶。图绘一株菊花，气势豪迈，威风凛凛，由下往上，逐渐收缩，形成一座宝塔。枝上有盛开的花朵，也有含苞待放的蓓蕾。右下一角山石、几株兰草，成为菊的陪衬。菊叶用汁绿，山石用赭石，颜色搭配合理。

菊花

[唐]黄巢

待到秋来九月八[①]，我花开后百花杀[②]。
冲天香阵透长安[③]，满城尽带黄金甲[④]。

【难点疏通】

①九月八：九月九日重阳节，古代有登高赏菊的习俗。这里为了押韵才这样说。②杀：凋谢。 ③香阵：香气。透：渗透，弥漫。 ④黄金甲：本指菊花的黄色，也喻起义军的战服。

【诗义解说】

等到秋天九月重阳到来的时候，菊花盛开而其他各种花卉都已凋零。冲天香气弥漫着整个长安，黄颜色的菊花开遍了整座皇城。

清·王武《花鸟图册·菊》

图绘一角山石，从右下向左上倾斜，石上簇拥着菊花，菊花有红，有白，有粉，在绿叶的衬托下，艳丽无比。山石用墨笔横扫，青绿点苔。用淡墨染出叶子，再用浓墨勾出筋脉。花瓣则用工细之笔先勾出轮廓，再填充颜色，笔法细腻。

咏菊 [北宋]徐铉[1]

细丽披金彩，氛氲散远馨[2]。
泛杯频奉赐，绿解制颓龄[3]。

【难点疏通】

①徐铉(917～992)：字鼎臣，广陵(今江苏扬州)人。早岁与韩熙载齐名，江东谓之“韩徐”，又与弟锴并称“二徐”。在南唐做官，累官至吏部尚书。入宋为太子率更令。太宗太平兴国初任直学士院。八年(983)出为右散骑常侍，迁左常侍。淳化二年(991)后因事贬静难军行军司马。著有文集三十卷，又有《稽神录》《质疑论》等。 ②氛氲：浓郁的烟气或香气。 ③绿解：绿色的美酒。颓龄：衰老之年。

【诗义解说】

细柔秀丽的枝干披上了金色的彩衣，浓郁的香气向着远处飘行。端起酒来一杯接一杯互相碰撞，绿色的美酒可以制止衰老的年龄。

清·王武《花卉图册·菊兰》

此图用石绿绘出兰的枝干，枝上盛开着朵朵鲜花，多姿多彩。下方配有几束菊花，叶子浓绿，花朵有紫，有蓝，有红，与兰花相互映衬，绚丽多姿。上有题诗一首：“芳泽三春雨，幽兰九畹香。山叟人独坐，对酒读骚经。”

菊

[北宋]韩琦[1]

万卉趁枯死[2]，香金斗晚葩[3]。
甘名应得露[4]，野色岂如家。
欲态惜迟暮[5]，芳情谁怨嗟[6]。
重阳樽酒伴，不见牡丹花。

【难点疏通】

①韩琦(1008～1075)：字稚圭，相州(河南安阳)人，北宋仁宗、英宗、神宗三朝宰相，在相位十年，执掌大政，被后世称为一代贤相。谥号“忠献”，赠尚书令，配享英宗庙。宋徽宗政和五年(1115)追论韩琦定策之功，封魏王。 ②趁：随着。 ③香金：对菊花的美称。葩：花。 ④甘名：甜美的名字。 ⑤欲态：欲望态度。迟暮：老年。这里指花快枯萎的时候。 ⑥怨嗟：怨恨叹息。

【诗义解说】

各种花草都随季节的变化枯死，只有菊花到了秋晚开得更加艳丽。具有美名菊花就应该得到雨露，开在荒野之中哪里比得上生长在家里。人们都不希望看到鲜花的枯萎，可花一旦枯萎又有谁会为它惋惜。又到了重阳佳节有美酒相伴，却看不到牡丹花的影子。

清·恽寿平《山水花鸟图册·菊》

恽寿平(1633～1690)，江苏常州人，初名格，字寿平，又字正叔，号南田。画初学山水，后致力于花卉，其没骨花卉不用笔墨，全以彩色染成，创出独特风格，成为清代花卉画宗师，有“常州派”之称。此图画面集中在右下角，簇拥着一丛菊花，花大而艳，有红有白有黄有粉，花叶辗转反侧，花瓣迎风飘动。用笔工细，设色妍雅。上有题诗一首：“黄鹅初试舞衣裳，耐得秋寒斗晓妆。一片绿涛云五色，更疑岩电起扶桑。”

菊觞

[北宋]韩琦

九日陪嘉客，金英泛酒船①。
酦醅时上下②，浮蚁自周旋③。
香逐榴花发，甘嗤柏叶先④。
座中宜醉挹⑤，仙录载延年⑥。

【难点疏通】

①酒船：酒杯。 ②酦(pō)醅：两次酿造未滤的酒。 ③浮蚁：酒面上的浮沫。 ④嗤：嘲笑。柏叶：即柏叶酒，以柏叶酿制。古代习俗，谓春节饮之，可以辟邪。 ⑤挹：舀。⑥仙录：即“仙人录”，指神仙秘籍或道教经典。

【诗义解说】

九月九日重阳节时陪着嘉客饮宴，酒杯里漂动着金色的花瓣。酿制的时候菊花在其中上下浮动，酒面上的漂浮物在杯中打转。它的香味可以追得上石榴花，它的味道敢于嘲笑柏叶酒的甘甜。座中的宾客应该一醉方休，这种酒登载在仙籍上可以益寿延年。

清·恽寿平《菊花图》

图上绘有三株菊花，分红、白、黄三种颜色。白色一枝颀长，向左侧生长；红色居中，开有两朵；黄色向右伸出，三种颜色交相辉映，鲜艳夺目。菊叶用汁绿绘成，用浓淡不同的颜色表现其向背。花瓣用笔细腻，一丝不苟。

重九席上赋金铃菊 [北宋]韩琦

黄金缀菊铃，兖地独驰名①。
细蕊浮杯雅，香筒贮露清②。
风休沉夜警③，雨碎入寒声④。
自此传仙种，秋芳冠玉京⑤。

【难点疏通】

①兖地：即兖州，在今山东省。 ②香筒：帐中烧香的器具。 ③夜警：夜晚警戒的鼓音。 ④雨碎：零零碎碎的小雨。 ⑤玉京：京城。

【诗义解说】

黄色的菊花像挂在枝上的金铃，这种花在兖州一带特别出名。细细的花蕊浮在酒杯里十分优雅，香筒里贮藏一些菊上的露水十分清新。风停下来夜晚报警的鼓声也不很洪亮，细碎的小雨落下带来一片寒冷之声。从此金铃菊这个仙种可以流传开来，到了秋天它的芬芳就可弥漫京城。

清·恽寿平《菊花图》

所绘菊花集中在右下方，花朵的颜色五彩缤纷，争奇斗艳。作者只取开花部分，其他部分则隐于画外，为的是突出重点。上有题诗一首："高吟花底荡清弦，打马藏钩夜不眠。买得糟丘多酿酒，与君长醉菊华天。"

重九菊未盛开席上偶成 [北宋]韩琦

重九开樽节未寒①，
黄花初发叶皆单。
待看旬日金铃绽②，
剩得东篱一醉欢。

【难点疏通】

①节：节气。 ②旬日：十天。

【诗义解说】

重九那天打开酒樽节气还不算寒冷，菊花刚刚开出来叶子还很单薄。等到十天以后金铃菊都绽开笑脸的时候，剩下的只有在东边的篱笆下一醉方休。

清·恽寿平《为留耕作花卉图·菊》

此束菊花全用墨笔绘出，顶部三朵花大而美，细笔勾出花瓣，层层叠叠，十分好看。还有半开之花与未开的蓓蕾，表现了层递关系。花叶颜色浓的地方是正面，淡的部分是背面，富有变化。

舟上采菊

[北宋]梅尧臣①

泯泯平漫流②，行当季秋月③。
演漾过汀洲④，汀洲芳杜歇⑤。
白露夜正菲⑥，黄菊寒更发。
采以泛酒卮⑦，不独映华发。

【难点疏通】

①梅尧臣(1002～1060)：字圣俞，世称宛陵先生。宣州宣城(今属安徽)人。皇佑三年(1051)赐同进士出身，官至尚书都官员外郎。早年诗作受西昆体影响，后诗风转变，注重诗歌的形象性、意境含蓄等特点。为宋初颇有影响的诗人。 ②泯泯：水清貌。 ③季秋：秋天的第三个月，即农历九月。 ④演漾：水波动荡。汀洲：水中小洲。 ⑤芳杜：即杜衡，一种香草。 ⑥菲：微薄。 ⑦酒卮：酒杯。

【诗义解说】

清澈的河水静静地流淌，这个时候正是深秋的九月。船在水波动荡中漂过了汀洲，汀洲上的杜衡已经消歇。白色的霜露降下薄薄的一层，黄色的菊花在这寒冷的夜晚正开得艳冶。采一把菊花放在酒杯里，不单单可以倒映出白发如雪。

清·恽寿平《菊花图》

图上菊花只占画面的一半，另一半全是空白。一束紫菊从右下直伸向画的中部，三朵硕大的花朵正在盛开，其下部生长有一株黄菊，二者交相辉映，枝叶虽繁，但繁而不窒。作者在左侧题道：“菊以黄为尚，紫次之，亦犹牡丹之有姚黄、魏紫、红白诸种，虽繁而称王者，必尊姚、魏焉。”

残菊

[北宋]梅尧臣

零落黄金蕊[1]，虽枯不改香。
深丛隐孤秀[2]，犹得奉清觞[3]。

【难点疏通】

①零落：稀稀落落。②孤秀：因菊花开时其他百花均已凋谢，故云“孤秀”。③清觞：美酒。

【诗义解说】

稀稀落落金黄色的花朵，虽然干枯但也不改它的香气。在深深的草丛中隐藏着孤零零的秀色，不过它仍然可以拿来放在酒里。

清·恽寿平《花卉图册·菊》

此图绘枝头上的菊花开得层层叠叠，在浓绿的叶子衬托下，显得无比鲜艳。花瓣都是用彩墨丝丝点染而成，色泽的过渡、形态的变化，都表现得一丝不苟。叶片的脉络用墨笔勾勒，用浓淡不同的墨色表现叶子的向背、翻卷，是一幅让人赏心悦目的佳作。

菊

[北宋]欧阳修[1]

共坐栏边日欲斜，更将金蕊泛流霞[2]。
欲知却老延龄药[3]，百草摧时始见花[4]。

【难点疏通】

①欧阳修(1007～1072)：北宋文学家、史学家。字永叔，号醉翁、六一居士，吉州吉水(今属江西永丰)人。天圣进士。官馆阁校勘，因直言论事贬知夷陵。庆历中任谏官，又被贬知滁州。后官至翰林学士、枢密副使、参知政事。谥文忠。宋初古文运动的领袖，为“唐宋八大家”之一。诗风与其散文近似，语言流畅自然。其词婉丽，承袭南唐余风。 ②流霞：传说中天上神仙的饮料。 ③却老：避免衰老。 ④摧：残。

【诗义解说】

大家一起坐在栏杆边太阳快要偏西，都把金黄色的花蕊放在美酒中饮用。要想知道什么是避免衰老延年益寿的好药，那就是百草枯萎后所见到的繁英。

清·恽寿平《菊花图轴》

此图用没骨法绘一丛菊花，植株茂盛，鲜花盛开，争奇斗艳，清新淡雅。用笔工中带写，风姿绰约。上有作者题诗一首：“餐英还拟待骚人，研北霜华一夜新。岂肯傍他桃李径，欲将花艳比松筠。”

菊花

[北宋]徐积[1]

为汝花中开最孤，诗翁可惜屡提壶。
却应有意酬青眼[2]，浑似倾心向白须[3]。
击铜钵时吟更好[4]，掷金钱后最相娱[5]。
杨妃只有黄裙在[6]，且问风霜留得无？

【难点疏通】

①徐积(1028～1103)：字仲车，楚州山阳(今江苏淮安)人。英宗治平二年(1065)进士。哲宗元祐元年(1086)由近臣推荐，为楚州教授。徽宗崇宁二年(1103)监西京嵩山中岳庙。政和六年(1116)赐谥节孝处士。 ②青眼：指对人喜爱或器重。也借指知己。据《世说新语•简傲》，嵇康能为青白眼，见凡俗之士，以白眼对之，见礼仪之士，以青眼对之。 ③浑似：完全像。 ④击铜钵：南朝齐竟陵王萧子良常于夜间邀集学士饮酒赋诗，烧烛一寸，诗成四韵。有人建议击铜钵催诗，钵声一止，诗即吟成。后以指限韵成诗，也喻诗才敏捷。 ⑤掷金钱：古代的一种赌博游戏。以骰五枚，上黑下白，以赌输赢。 ⑥杨妃：本指唐明皇的宠妃杨贵妃，后也指好看的鲜花。黄裙：指菊花，因菊花多为黄色。

【诗义解说】

因为你在花中最为孤单，诗人们可惜你的孤单而常提酒壶来到你身边。而你好像是有意酬谢知己，又像是全心全意向着年事已高的老年。边击铜钵边吟诗会吟得更好，掷完金钱之后真是快乐无限。好看的花朵中只剩下了菊花，我想问问风霜还能不能多挽留一段时间。

清•恽寿平《花卉图册•菊》

图绘黄紫两色菊花，紫菊高扬，黄菊斜出，一上一下，相互呼应。画工精细，花叶筋脉向背清晰，趣味生动，无板刻之迹。

和张二少卿丈白菊 [北宋]邵雍[1]

清淡晓凝霜[2]，疏枝殿颢商[3]。
自知能洁白，谁念独芬芳？
岂为琼无艳[4]，还惊雪有香。
素英浮玉液[5]，一色混瑶觞[6]。

【难点疏通】

①邵雍(1011～1077)：北宋哲学家。字尧夫，谥康节，先为范阳人，后随父迁共城(今河南辉县)。隐居苏门山百源之上，后人称他为百源先生。屡授官不赴。后居洛阳，与司马光等人从游甚密。哲宗元祐中赐谥康节。有《伊川击壤集》二十卷。 ②清淡：安静，清静。 ③殿：居后，在后。颢商：指秋天。颢，通“昊”，指西方之天。西方属秋。商，五音之一，古人与秋相配。 ④琼：古人常把晶莹之物比作琼，这里指雪。 ⑤玉液：美酒。 ⑥瑶觞：玉杯。也指美酒。

【诗义解说】

清静的早晨大地覆上了一层白霜，疏疏落落的枝叶生长到秋的最后时光。它知道自己能够保持一片洁白，可有谁能想到只有我独自散发着芬芳？怎么说冬天没有艳丽的景色，人们会吃惊地嗅到雪里有缕缕清香。白色的花朵漂浮在美酒之上，是酒是菊难以分辨因它们的颜色一样。

清·恽寿平《写生花卉竹石图·菊》

右下方山石耸出，有数株菊花生长在石的前后，花朵用白粉勾边，再填以黄或粉的颜色，颇显高雅华贵。作者题诗曰：“黄鹅紫凤娇欲语，金幢玉节纷来迎。悠然南山忽在眼，满手秋风餐落英。”

和李殿丞仓中对菊 [北宋]司马光[1]

高士寄朝市[2]，迥然心迹殊[3]。
秋风太仓里[4]，黄菊满庭隅。
陶令成诗后，王公送酒无[5]？
遥知厌俗事，未免强踌躇[6]。

【难点疏通】

①司马光(1019～1086)：字君实，号迂叟。生于河南省光山县。北宋政治家、文学家、史学家，历仕仁宗、英宗、神宗、哲宗四朝，主持编纂了中国历史上第一部编年体通史《资治通鉴》。 ②高士：志行高洁的人。也指隐逸不仕之人。朝市：朝廷和集市。也泛指尘世。 ③迥然：差别很大。心迹：思想与行为。殊：不同。 ④太仓：古代京城储谷的大仓。 ⑤王公：指王弘。他曾在重阳节那天给陶渊明送酒。 ⑥踌躇：从容自得。

【诗义解说】

高尚的人生活在尘世之中，但他的思想行为却与世俗截然不同。秋风吹到京城储谷的大仓，那里盛开的黄菊满院满庭。陶渊明写成诗歌以后，有没有王公给他把酒相送？早就知道殿丞您讨厌世俗之事，但也只能尽量地生活得轻松。

清·恽寿平《山水花卉图·菊》

此图全用墨笔绘出，盛开的花朵簇拥枝头，有的花瓣层层叠叠，有的随风飘动，有一种流畅的美。花叶或浓或淡，再用浓墨勾出脉络，十分逼真形象。颜色虽然素淡，但韵味十足。

和江邻几金铃菊 [北宋]司马光

何处见佳菊？秋风汶水阳①。
酒浮金铎细②，露泛蜜房香③。
不谓红尘地，相逢君子堂。
依然古人意，不减旧芬芳。

【难点疏通】

①汶水：今汶河。源出山东临朐县南，东北流，至安且县东北入潍河。阳：山的南面和水的北面叫“阳”。 ②金铎：即金铃。菊花的一种。铎，铃。 ③蜜房：蜜蜂的巢。

【诗义解说】

什么地方能够见到上乘的菊花？在秋风吹拂的汶水之阳。酒杯中浮动着细细的菊花，露水落在花上发出蜂蜜一样的清香。没想到在这个世俗之地，竟然与您相逢在君子堂。仍然是一派古人的风范，没有丝毫减少以前的芬芳。

清·恽寿平《傲霜秋艳图》

图的右侧盛开着许多朵菊花，花型硕大，让人感到有些拥挤。而作者别出心裁，又画一枝旁逸斜出，占据了左侧大部分空间，打破了拥挤的局面，使画面有了变化。

咏菊

[北宋]司马光

琐琐南阳菊①，秋潭岁自开②。
孤根拥红叶，落蕊媚苍苔。
正以参灵药③，因之植紫台④。
愿兼金掌露⑤，同入柏梁杯⑥。

【难点疏通】

①琐琐：形容事情细小不重要。 ②岁：每年。 ③灵药：传说中的仙药。 ④紫台：道家称神仙居住的地方。 ⑤金掌露：汉武帝时制的承露盘，下用仙人手掌托起，将承露盘置于建章宫神明台上，承接露水，以为饮后长生不死。 ⑥柏梁杯：指柏梁台的宴会。汉武帝建柏梁台，在长安城北门外。因用香柏为梁，故称。武帝经常置酒之上，诏群臣和诗，能做七言诗的才可以上。

【诗义解说】

卑微细小的南阳一带的菊花，每年秋天到来都会独自开在潭水之旁。孤独的根系拥着落下的红叶，落下的花蕊把苍苔打扮得十分漂亮。这种花正是仙药中的一种成分，所以才栽在仙人居住的地方。多想把它与承露台上的露水掺在一起，一同倒入在柏梁台上宴会的酒觞。

清·恽寿平《锦石秋容图》

简洁的画面给人以清新明丽之感。一块锦石玲珑多姿，一枝海棠从石下挺出，花枝向高处伸展，叶子则陪衬在下端，另有菊花安排在石的一左一右，其他皆作空白处理。锦石用浓淡不同墨色表现其纹理，菊花一仰一俯，富有变化。

野菊

[北宋]司马光

野菊未尝种，秋花何处来？
羞随众草后，故犯早霜开①。
寒蝶舞不去，夜蛩吟更哀。
幽人自移席②，小摘泛清杯③。

【难点疏通】

①犯：冒着，迎着。②幽人：隐居之人。③小摘：随意摘取。

【诗义解说】

生长在野外的菊花没有人栽种，这秋天的花朵是从哪里来？她羞于随着百草之后凋零，所以迎着早晨的轻霜盛开。寒冷中的蝴蝶绕着野菊飞舞不肯离去，夜晚蟋蟀的鸣叫更加令人悲哀。隐居的人自己拿着席子来到花下，随意摘取放在清澈的酒杯中来。

清·禹之鼎《王原祁艺菊图》

禹之鼎(1647～1716)，字尚吉，号慎斋。广陵(江苏扬州)人。擅山水、人物、花鸟、走兽，尤精肖像。写真多白描，秀媚古雅，为当代第一，名人小像多出其手。画中以较大幅面写栽植于不同容器中的菊花，高矮敧正各不相同。主人公王原祁端坐在绣榻上，赏菊品酒。构图穿插有致，卷左二童子与卷右端酒瓮的童子遥为呼应，使画面疏而不散。王原祁的面部刻画精细，以西法晕染，突出了肖像效果，其他人物用笔简洁。画面不着背景，却韵味悠长，秀媚古雅。

城东寺菊

[北宋]王安石[1]

黄花漠漠弄秋晖[2]，无数蜜蜂花上飞。
不忍独醒孤尔去[3]，殷勤为折一枝归[4]。

【难点疏通】

①王安石(1021～1086)：字介甫，号半山。临川(现为江西东乡县)人。北宋杰出的政治家、思想家、文学家、改革家，“唐宋八大家”之一。先后任淮南判官、知江宁府、翰林学士、参知政事等，曾两度任同中书门下平章事，推行新法。罢相后退居江宁(今江苏南京市)。死后谥“文”。 ②漠漠：茂盛的样子。弄：玩赏。 ③尔：指菊花。 ④殷勤：情意深厚。

【诗义解说】

茂盛的菊花在秋色里开得无比鲜艳，无数的蜜蜂在花上飞来飞去。我不忍自己醒后扔下菊花离开，所以深情地折下一枝归回府里。

清·原济《花果图册·菊》

原济(1642～约1718)，僧人，俗姓朱，名若极，广西全州人。字石涛，号大涤子、清湘老人等，晚年自称“苦瓜和尚”。善山水花果兰竹，尤以山水一反时人仿古之风，布局新奇，笔墨雄健纵恣，与弘仁、髡残、朱耷合称“四僧”。图绘折枝菊花一枝，从左侧斜向右侧，枝干苍劲，叶子浓绿，花朵艳丽。又有一首笔走龙蛇的书法写在上部，与花枝交相辉映。

赵昌寒菊 [北宋]苏轼[1]

轻肌弱骨散幽葩[2]，
真是青裙两髻丫[3]。
便有佳名配黄菊，
应缘霜后苦无花。

【难点疏通】

①苏轼(1037～1101)：北宋文学家、书画家。字子瞻，号东坡居士，眉州眉山(今属四川)人。神宗时曾任祠部员外郎，因反对王安石新法求外职。后以作诗“谤讪朝廷”罪贬黄州。哲宗时任翰林学士、礼部尚书，后贬儋州。北还时病死常州。追谥文忠，与父洵弟辙合称“三苏”。为“唐宋八大家”之一，其诗清新豪健，词开豪放一派。 ②轻肌弱骨：形容菊花的植株体态轻盈。 ③青裙：指菊花绿色的叶子。髻丫：盘于头顶左右两边的发髻。这里形容菊花的骨朵。

【诗义解说】

体态轻盈的菊花散发着幽幽的香气，真的是绿色的叶子衬托下的两个髻丫。因此便有美好的名称来与菊花相配，原因是下霜之后就再也没有鲜花。

清·原济《清湘书画稿》

此幅长卷绘古岸行舟、秋菊、故乡河景、墨竹、墨兰等内容，共十三段，集诗、书、画于一纸，山水、花卉、人物俱备，笔墨苍劲有力，挥洒自如。这里选的是菊花一段。

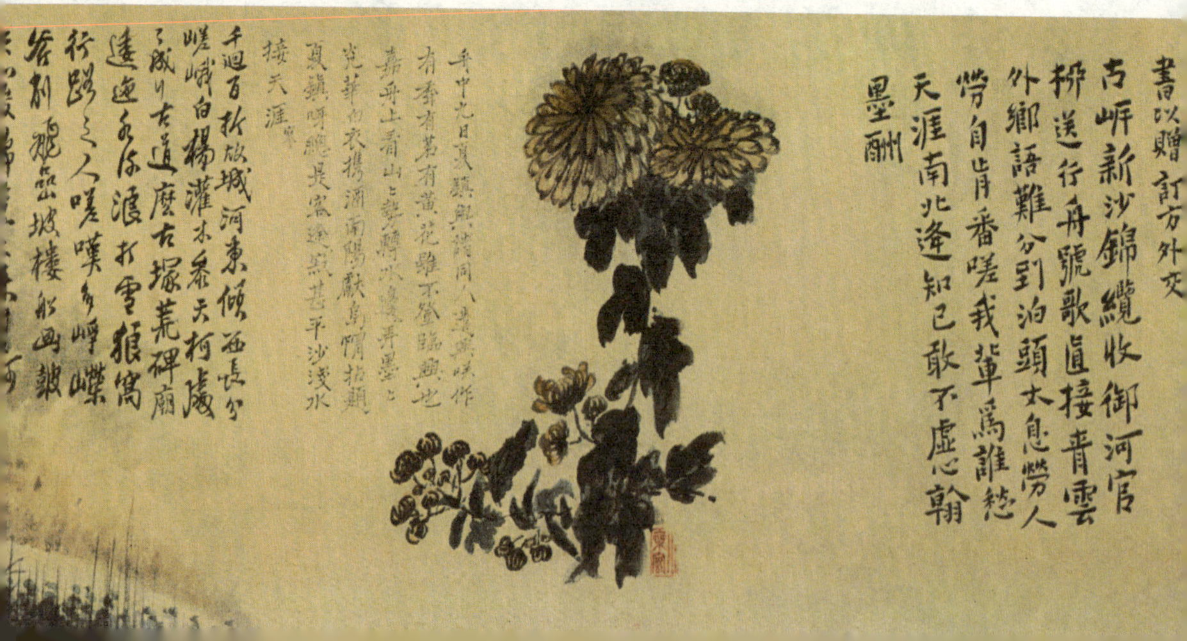

戏题菊花

[北宋]苏辙①

春初种菊助盘蔬，秋晚开花插满壶。
微物不多分地力，终年乃尔任人须②。
天随匕箸几时辍③，彭泽樽罍未遽无④。
更拟食根花落后，一依本草太伤渠⑤。

【难点疏通】

①苏辙(1039～1112)：字子由，眉山(今属四川省眉山县)人，晚年自号颍滨遗老。苏轼之弟，人称“小苏”。散文以策论见长，自成一家。与父苏洵、兄苏轼合称“三苏”，均在“唐宋八大家”之列。 ②乃尔：竟然如此。须：索取。 ③天随：随顺天然，纯任自然。匕箸：食具，羹匙和筷子。 ④彭泽：指陶渊明。因其任过彭泽县令，故称。樽罍：盛酒器。遽：迅速。 ⑤本草：《神农本草经》的省称，始见于《汉书·平帝纪》。也指普通的草。渠：他，它。

【诗义解说】

一开春就种下菊花为的是在盘中添上一种蔬菜，到秋天开花的时候采来插满一壶。这种物品不是很多还得看地力如何，一年到头就是这样任人索取。顺其自然人们用的食具什么时候才能停下，而陶渊明的酒杯不能喝得见底。又打算在花落后食用菊花之根，但依《本草》上说这样对它伤害太巨。

清·原济《山水花卉图册·菊》

图绘一拳怪石，先用淡墨铺底，再用浓墨破之，以显石的凹凸面，并用淡染绘出石的阴影。石上生长着一束菊花，左右分开，花用墨笔勾出，有浓有淡，以表现远近距离，叶全用墨染。另绘一株嫩竹，与菊相互映衬。画面润泽，淡而有味。

对菊怀郎祖仁 [北宋]孔平仲[①]

庭下金铃菊，花开已十分。
多情能惠我[②]，对景独思君[③]。
秀色三秋好[④]，清香一室闻。
扁舟今夜雨[⑤]，何处宿江云[⑥]？

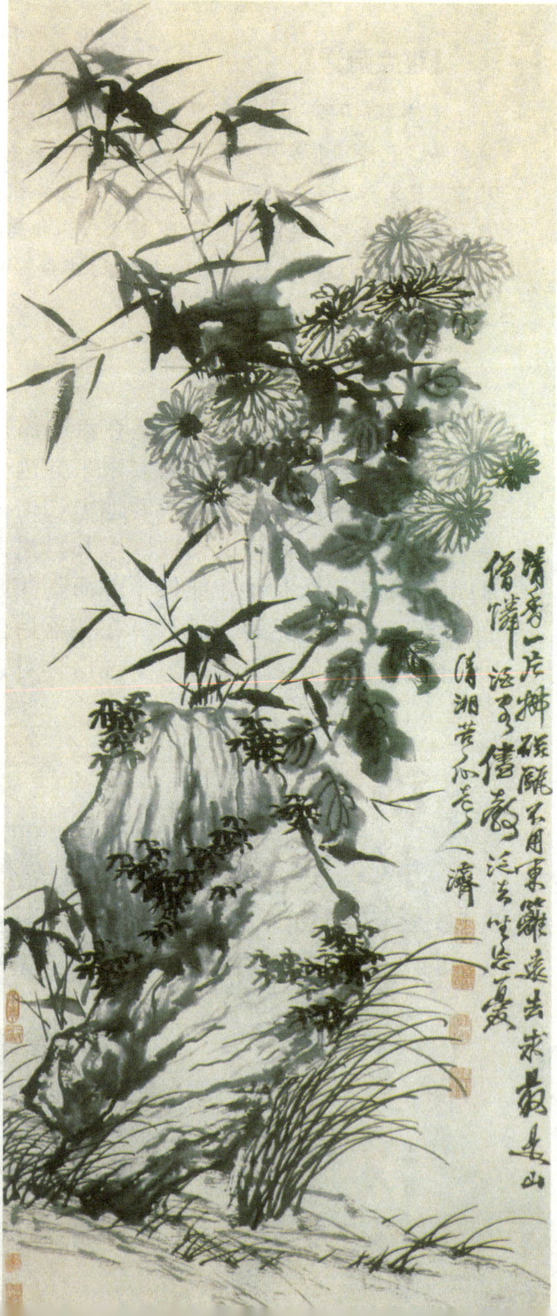

【难点疏通】

①孔平仲：生卒年不详，约宋神宗元丰前后在世。字义甫，临江新喻(今浙江新余县)人。长于史学，又工文辞。曾任秘书丞集贤校理，因事出知衡州。因不推行常平法，谪惠州别驾。徽宗时召为户部金部郎中，出提举永兴路刑狱。后主管仓州景灵宫。有文集二十一卷。②惠：恩爱。 ③君：指菊花。 ④三秋：深秋。 ⑤扁舟：小舟。 ⑥江云：江上的云气。

【诗义解说】

庭堂之下的那丛金铃菊，已经盛开到十分。多情的菊花对我有些偏爱，对着这样的美景我很是思念您。菊的美色到深秋更加好看，清清的香气满屋都可嗅闻。小小的船儿今夜又遇到一阵大雨，今晚住宿在什么地方到处江雾迷蒙？

清·原济《菊石竹图》

图绘一块山石，石下几束兰草，石后几竿翠竹，一株菊花。画面水墨淋漓，润泽华滋。右侧作者题诗一首："清香一片拂磁瓯，不用东篱远去求。最是山僧怜酒客，尽教泛去坐忘忧。"

谢送菊

[南宋]吕本中①

经旬霖雨足莓苔②，忽喜双盆送菊来。
已似风霜憔悴损③，主人云是待晴开。

【难点疏通】

①吕本中(1084～1145)：原名大中，字居仁，世称东莱先生，寿州(今安徽寿县)人。初授承务郎，后迁职方员外郎。绍兴六年(1136)召赐进士出身，历官中书舍人、权直学士院。因得罪秦桧罢官。江西诗派著名诗人。 ②经旬：十多天。霖雨：连绵不断的雨。莓苔：青苔。 ③憔悴：凋零，枯萎。

【诗义解说】

十来天的大雨青苔得到了充足浇灌，忽然高兴的是有人把两盆菊花送来。好像经受了风霜显得有些枯萎，主人说等到雨过天晴才会盛开。

清·原济《陶潜诗意图·悠然见南山》

此图用水墨染出远山，一带白云与近景隔开。一株柳树婆娑飘逸，树下一房舍，半掩于山石后面。石前一带围篱，篱中遍植菊花，一人在园中手持菊花正在观赏，此人就是陶渊明了。画面环境清幽，远离尘嚣，是修身养性的好地方。

咏菊

[南宋]刘子翚[1]

青丛馥郁早抽芽[2]，金蕊斓斑晚着花[3]。
秋意只应宜淡泊，化工可是惜铅华[4]。
轻烟细雨重阳节，曲槛疏篱五柳家[5]。
暮醉朝吟供采摘，更怜寒蝶共生涯。

【难点疏通】

①刘子翚(1101～1147)：南宋文学家。字彦冲，号病翁，崇安(今属福建)人。曾任兴化军通判。后退居屏山，学者称“屏山先生”，朱熹曾从其问学。所作诗篇忧慨时事。著有《屏山集》。②馥郁：浓浓的香气。③斓斑：色彩艳丽。④化工：自然造化。铅华：妇女化妆用的铅粉。⑤五柳家：即陶渊明家。因他家门前有五棵柳树，自名为五柳先生，并写有《五柳先生传》。

【诗义解说】

青色的枝丛散发出浓郁的香气早早抽出了嫩芽，金色的花蕊色彩艳丽很晚才开出奇葩。秋天的意绪只应该是清清淡淡，可是造化之工却珍惜铅华。轻轻的烟细细的雨又到了重阳佳节，弯曲的栏杆疏疏的篱笆那是陶渊明的家。晚上醉了早晨起来吟诗菊花供他采摘，更让人喜欢的是寒冷中有蝴蝶相伴菊花。

清·原济《对菊图》

此图远处山峦一抹，溪流宽阔，山石壁立，近处院落临水依山而建，院门紧闭，院中两株松树扭结在一起。两童子在搬运菊花，室内一隐者在赏菊。右侧山石只露一角，左侧下方一桥伸出画外，写出象外之象，景外之景。山石用淡墨勾皴，树木用浓墨点染，形成了鲜明的对比。

菊楼 [南宋]范成大①

东篱秋色照疏芜②，
挽结高花不用扶③。
净洗西风尘土面，
来看金碧万浮图④。

【难点疏通】

①范成大(1126～1193)：字致能，号石湖居士，吴郡(苏州)人。曾做过两个月的参知政事(副宰相)，作为使节到金朝谈判国事，抗争不屈，几乎被杀。淳熙九年(1183)退隐故乡石湖。田园诗很有特色，是宋诗中的优秀篇章。 ②疏芜：萧索荒芜。 ③挽结：牵拉固定。 ④浮图：佛塔。这里形容长满菊花的小楼。

【诗义解说】

东边篱笆上的秋色映照着荒芜的原野，菊花依靠着篱笆向上攀爬不用人来搀扶。洗净了西风吹来落在花上的尘土，这时再来看犹如金碧辉煌万座浮图。

清·原济《竹石菊图》

此图以奇石、秀竹、秋菊为表现对象，描绘出一股深秋的萧条气息。奇石以粗线条折笔勾皴点染，借以表现凹凸不平的纹理，竹和菊的墨色富于变化。笔法流畅，意韵纵横。

重阳不见菊

[南宋]范成大

节物今年事事迟①，小春全未到东篱②。
可怜短发空攲帽③，欠了黄花一两枝。

【难点疏通】

①节物：各个季节的景色。这里特指秋天的景物。 ②小春：古代指农历十月。 ③“可怜”句：因无菊花插头，故云“短发空攲帽”。

【诗义解说】

今年的景物件件都来得很迟，到了十月还不见东篱有菊花开放。可怜的是短发白白地攲着帽子，缺少的是一两枝黄花戴在头上。

清·邹一桂《花卉图册·菊》

邹一桂(1686～1772)，字元褒，号小山、二知、让卿，江苏无锡人。善工笔花卉，分枝布叶，条理自如，设色明净，清古美艳。间作山水，风格隽秀。此图绘两株菊花，一黄一紫，花朵大而艳丽。花瓣用笔精细，从中心逐渐由小变大，呈放射状。菊叶描写富有变化，反正向背交代清楚。俊逸婉转，柔中有刚，设色妍雅。

九日郡中送白菊

[南宋]杨万里[1]

未应白菊减于黄[2]，金作钿心玉作裳[3]。
一夜西风开瘦蕾，两年南海伴重阳[4]。
若言佳节如常日，为底寒花分外香[5]。
挼蕊浮杯莫多着[6]，一枝留插鬓边霜。

【难点疏通】

①杨万里(1127～1206)：字廷秀，号诚斋，吉州吉水(今属江西)人。曾任太常博士、尚书左司郎中、秘书监等。主张抗金，正直敢言。宁宗时因奸相专权辞官居家，忧愤而死。诗与尤袤、范成大、陆游齐名，称“南宋四家”。构思新巧，语言通俗明畅，自成一家，时称“诚斋体”。 ②未应：不是。 ③钿心：指菊花的蕊。裳：指菊花的叶。 ④南海：古代郡名，治所在今广东省广州市。 ⑤为底：为何，为什么。 ⑥挼(ruó)：揉搓。

【诗义解说】

不要以为白菊少了一点儿金黄，金子般的花蕊玉做的叶子多么辉煌。夜晚西风吹来开出瘦瘦的花蕾，两年来一直是它伴我在南海过重阳。如果说节日就跟平常一样，可为什么寒冷中开的花分外芳香。采来花蕊放在杯中不要太多，请留下一枝插在我发白的鬓旁。

清·马荃《仿宋人折枝六种图》

马荃，生卒年不详，女，字江香，江苏常熟人。工花卉，善勾染，与恽冰并称双绝。此图画面分成两组，画中间一组五枝为主，右下二枝为宾，出枝方向相同，主次分明且又协调平稳，间杂其他花卉。花叶均用极工细之笔勾出轮廓，再敷色彩，层层晕染。色彩艳丽，清劲秀润。

山园草间菊数枝开席地独酌 [南宋]陆游[1]

屋东菊畔蔓草荒，瘦枝出草三尺长。
碎金狼藉不堪摘，扫地为渠持一觞[2]。
日斜大醉叫堕帻[3]，野花村酒何曾择。
君不见诗人跌宕例如此[4]，苍耳林中留太白[5]。

【难点疏通】

①陆游(1125～1210)：南宋诗人，字务观，号放翁，浙江绍兴人。一生著作丰富，有《剑南诗稿》《渭南文集》等，存诗九千多首，是我国存诗最多的诗人，生前即有“小李白”之称。不仅是南宋一代诗坛领袖，而且在中国文学史上地位崇高，是我国伟大的爱国诗人。②渠：他。这里指菊花。③帻：古代的一种头巾。④跌宕：纵情。⑤苍耳：一年野生草本植物，春夏开绿色小花，果实呈倒卵形，有刺。太白：即唐代诗人李白。

【诗义解说】

屋东边的菊花田里长满了野草，瘦瘦的枝干从草丛中伸出有三尺长。花开得很小一片狼藉无法采摘，打扫出一块地方为它来浮此一觞。太阳偏西已喝得大醉狂叫不止头巾堕落在地，只有野地里的花村里的酒供人品赏。你没看见诗人们放纵的时候都是这样，诗仙李白就醉卧在长满苍耳的林中草地上。

清·华嵒《花鸟草虫图册·秋菊》

华嵒(1682～1756)，字德嵩，号秋岳、新罗山人、新罗生、东园生，老年自喻“飘蓬者”，福建上杭白砂里人。花鸟画最负盛名，形成兼工带写的小写意手法，人物方面成就也很突出。图绘两枝菊花，红菊直立，白菊斜伸，二者交叉。白菊飘逸多姿，红菊团簇艳丽，交相辉映。菊叶老嫩正反表现清晰，精细入微，意趣横生。技法上兼工带写，运笔自如，表现出高超的艺术技巧。

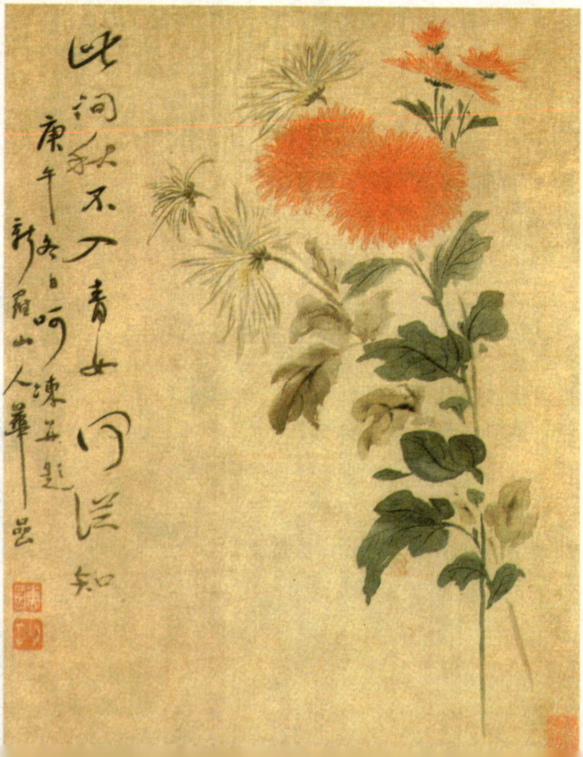

九月十二折菊 [南宋]陆游

黄菊芬芳绝世奇，
重阳错把配萸枝[1]。
开迟愈见凌霜操[2]，
堪笑儿童道过时。

【难点疏通】

①萸枝：即茱萸枝，古代有重阳节插茱萸的习俗。 ②操：操守，节操。

【诗义解说】

黄色的菊花散发着芬芳的气息世上少有，重阳节的时候错把它当做了茱萸枝。开得越晚越可见出它傲霜斗雪的节操，可笑的是孩子们从它身边走过说它已经过时。

清·华嵒《兰菊竹禽图》

此图所绘十分别致，单看那竿翠竹，就让人心动，它弯成了一个弓字形，非常柔韧。下方纤细的菊枝伸出很长，几朵鲜花正在盛开。兰叶与兰花婀娜多姿。两只白头翁一上一下，遥相呼应。潇洒秀润，柔中寓刚。

新菊

[南宋]陆游

已过重阳十日期，菊丛初破两三枝。
自怜短鬓萧萧白①，不似黄花驿里时②。

【难点疏通】

①萧萧：形容稀疏。②黄花驿：在今陕西省凤县东北。作者四十八岁时曾到过这里。

【诗义解说】

已经过了重阳佳节十多天，菊花丛中的骨朵才刚刚绽出两三个。自己感到可怜的是稀疏的短发已经斑白，不像是在黄花驿的那个时节。

清·华喦《锦鸡竹菊图》

图绘一只色彩斑斓的锦鸡站在山坡上，尾巴高挑，张嘴鸣叫，似在呼唤同伴。一竿翠竹摇曳，菊花迎寒盛开。竹菊挥写豪放，凝重浑厚，坡石皴染率意而不失法度。上题诗句云：“风拂游翎舒锦绣，竹翻逸影冒寒芳。”

枯菊

[南宋]陆游

积雪严霜转眼空，春回无处不春风。
欲知造物无穷妙[1]，但看萱根与菊丛[2]。

【难点疏通】

①造物：自然界的造化。也指创造万物的神。　②萱：即萱草，多年生草本植物，花可食用，亦可供观赏。古人以为种植此草可以忘忧，因称忘忧草。

【诗义解说】

堆积起来的雪厚厚的霜转眼之间就都化尽，春天到来没有一处不受到春风的吹拂。想要知道造物主那无穷的妙处，只要看看春天的萱草根与一丛丛秋菊。

清·高凤翰《杂画册·竹菊》

高凤翰(1683～1748)，字西园，号南阜，别号因地、因时、因病等，胶州(今山东胶县)人。工书画，草书圆劲，山水纵逸，纯以气胜，花卉亦奇逸得天趣。晚年右手残废，用左手挥洒，笔愈苍辣。此册共八开，这里选的是其中一开。此图奇特之处是菊花从左上角垂下，菊叶翻卷，菊花盛开，花瓣用淡墨勾出，再填以颜色，在墨色叶子衬托下，十分显眼。菊的背后衬以浓密的嫩竹，为菊花设置了一个理想的背景。

和林宗易菊花韵 [南宋]陈传良[1]

一岁所余秋有几，重阳偏与老相催。
每怜白发能长健，虽爱黄花亦懒栽。
好景游从须好友[2]，新诗风味似新醅[3]。
人生适意无过此，恣听东篱早晏开[4]。

【难点疏通】

①陈传良：生卒年籍贯均不详。有《止斋集》传世。 ②游从：相随同游。 ③醅：未滤去糟的酒。也泛指酒。 ④恣听：听任。晏：晚。

【诗义解说】

一年到了秋季就没有剩下几天，重阳节偏偏与人的衰老为邻。每每高兴的是头发已经花白却能够长寿，虽然喜爱菊花却懒得亲自去种。有了好的景致同游的一定要是好朋友，写出的新诗就像刚刚酿出的酒一样浓。人的一生最得意的莫过于这样，听听那东篱边早晨晚上开花的声音。

清·高凤翰《雪菊图》

此图以疏笔淡墨描绘菊花，浓墨勾叶筋，下笔迅疾，有一气呵成之势。背景用淡墨渲染，菊花和山石周围留出空白，以示雪覆盖之意。整幅作品风格粗率，韵致古朴。

菊

[南宋]朱熹[1]

青蕊冒珍丛[2]，幽姿含晓露[3]。
政尔破荒寒[4]，讵免伤迟暮[5]。

【难点疏通】

①朱熹(1130～1202)：南宋著名理学家、思想家、哲学家、教育家、文学家。字元晦，号晦庵，别号紫阳，祖籍徽州婺源(今属江西)。历仕高宗、孝宗、光宗、宁宗四朝，曾任知南康、提典江西刑狱公事、侍讲等职。韩侂胄擅权，被革职回家。庆元六年病逝，谥“文”。 ②冒：长出来。珍丛：美称菊花丛。 ③幽姿：幽雅的姿态。 ④政尔：通“正尔”，正当。 ⑤讵：抑或。

【诗义解说】

青青的花蕊从珍贵的枝丛中长了出来，清晨的露水落在幽雅的花朵上面。正是由于它破除了荒凉寒冷，这样或许可以免除年事已高的伤感。

清·边寿民《花卉图册·菊》

边寿民(1684～1752)，原名维祺，字寿民，更字颐公，号渐僧、苇间居士，江苏山阳(今淮安)诸生。用泼墨法创写芦雁，洒丽生动各得神趣。间画山水、花卉，别有逸致。工书法。“扬州八怪”之一。此卷共分十一段，绘十种花卉。整幅画卷用笔饱满，造型简洁，下笔沉稳，墨色丰润多变。这里选的是菊花一段。此段枝头二花，花瓣向后，另一朵向左远伸，大有迎寒不屈的味道。

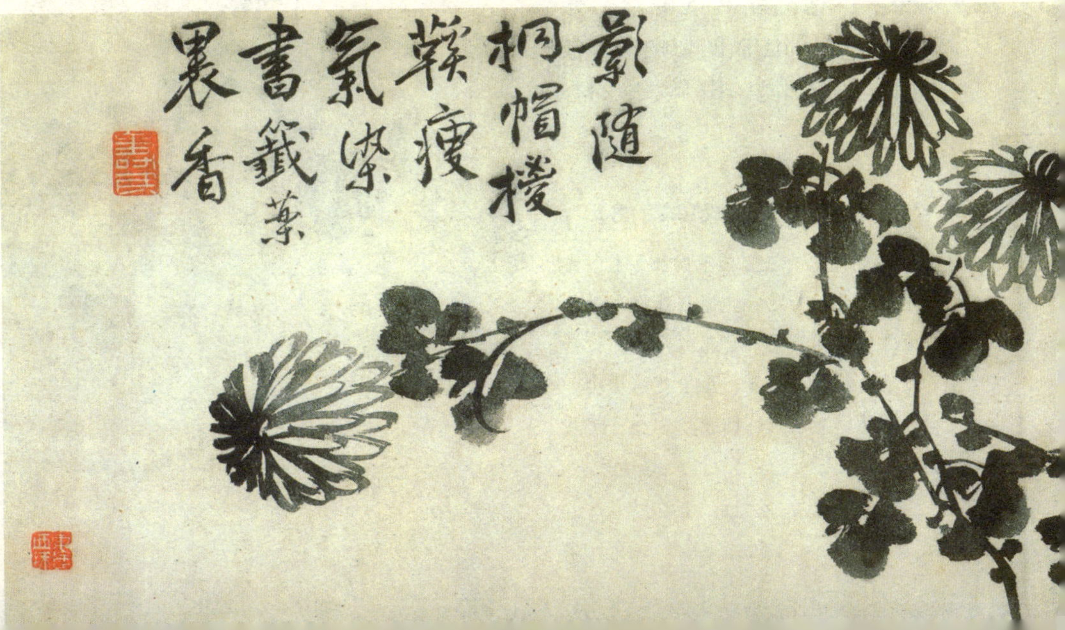

菊

[南宋]王十朋[1]

佳节逢吹帽[2]，黄金染菊丛。
渊明何处饮？三径冷香中[3]。

【难点疏通】

①王十朋(1112～1171)：字龟龄，号梅溪，温州乐清(今属浙江)人。绍兴二十七年(1157)进士。初添差绍兴府佥判，累迁国子司业、起居舍人，改兼侍讲、侍御史。以龙图阁学士致仕。谥“忠文”。有《梅溪前后集》及奏议等五十四卷。 ②吹帽：见许棠《白菊》注②。 ③三径：晋赵岐《三辅决录·逃名》：“蒋诩归乡里，荆棘塞门，舍中有三径，不出，唯求仲、羊仲从之游。”后以“三径”指归隐的家园。

【诗义解说】

又到了重阳佳节相聚的时候，金黄的颜色染上了菊花丛。这时的陶渊明到哪里去饮酒？是在归隐的田园寒冷的香气中。

清·边寿民《歪瓶依菊图》

图上绘有三扁四不圆的花瓶，瓶里插着几枝菊花。花瓶用淡墨勾勒，菊叶用浓墨点染，菊花的中心部位用浓墨，越往外越淡，显出花的层次。笔意潇洒舒放，构图新颖古朴，超凡脱俗。

十日取野菊从酒 [南宋]戴昺[1]

野径菊仍好，村垆酒亦嘉[2]。
未应今日蕊，便是背时花[3]。
心在家千里，身犹客九华[4]。
官程难久驻[5]，风雨暮山斜。

【难点疏通】

①戴昺：生卒年不详，南宋台州黄岩(今属浙江)人，字景明，号东野。宁宗嘉定十三年(1220)进士，曾任赣州法曹参军。擅长诗歌创作，有《东野农歌集》。 ②垆：古时酒店里安放酒瓮的灶形土台。也泛指酒店。 ③背时：过时。 ④客：离家在外的人。九华：山名，在今安徽省青阳县西。中国四大佛山之一。 ⑤官程：官吏赴行的旅程。

【诗义解说】

田野小路上的菊花开得正好，村中酒店里的酒也味道很鲜。酒里如果用的不是现在的花蕊，那一定是花朵陈旧过了时间。人虽在这里可家却在千里之外，自己孤身一人仍客居在九华山。因是走在赴任的路上不能在此久驻，风吹来又下起雨夜幕中的山岭横在前面。

清·李鱓《石畔秋英图》

李鱓(1686～1762)，字宗扬，号复堂，别号懊道人，江苏兴化人。曾以画供奉内廷。工诗文书画，擅花卉、竹石、松柏。早年画风工细严谨，颇有法度。中年始转入粗笔写意，大胆泼辣，挥洒自如，感情充沛，富有气势，为“扬州八怪”之一。图绘一竿青竹，顶天立地，另有一竿斜向伸出。围绕在一湖石周围，有盛开的菊花，红、黄、紫、粉应有尽有，花朵俯仰转侧，各显生姿。勾勒没骨并用，兼工带写，艳而不俗。

菊花歌

[南宋]郑思肖[1]

太极之髓日之精[2]，生出天地秋风身。
万木摇落百草死，正色与秋争光明[3]。
背时独立抱寂寞，心香贞烈透寥廓[4]。
至死不变英气多，举头南山高嵯峨[5]。

【难点疏通】

①郑思肖(1241～1318)：南宋诗人、画家。字忆翁，连江(今属福建)人。宋亡，隐居苏州，坐卧必南向，自号“所南”，以示不忘宋室。善写墨兰，多花叶萧疏，不画根土，寓赵宋沦亡之意。兼工墨竹。诗也多表现怀念宋室的感情。 ②太极：古代哲学家认为太极是原始的混沌之气，通过它的运动分化出阴阳，由阴阳产生四时变化，继而出现各种自然现象，是宇宙万物之源。髓：精华。日之精：太阳的精华。 ③正色：美色。 ④贞烈：刚正有气节。寥廓：高远空旷。 ⑤举头南山：化用陶渊明的诗句“采菊东篱下，悠然见南山”。嵯峨：山势高峻。

【诗义解说】

原始混沌之气与太阳的精华，产生出天和地以及秋风的身影。这个时候所有的树木都已枯黄飘零野草也都枯死，只有菊花的美色与秋天竞争着光明。这种过时才开的花独自挺立甘守寂寞，由它心中发出的刚正香气透过万里长空。到死也不会改变它那充满英气的姿态，抬头看见了南山山势高耸。

清·李鱓《花卉图册·篱菊》

图绘一带疏篱，菊花生长在篱笆下，横斜劲挺，叶绿而花艳，各呈姿态，迎寒开放。上有题诗一首：“一两三枝残菊花，秋风吹尽破篱笆。山中客到无他供，斫碎数枝聊点茶。”

画菊

[南宋]郑思肖

花开不并百花丛[①]，
独立疏篱趣无穷[②]。
宁可枝头抱香死[③]，
何曾吹落北风中。

【难点疏通】

①并：合在一起。 ②独立：单独站立在。 ③“宁可”句：菊花与其他花不同，枯萎时花瓣不落，枯死枝头。

【诗义解说】

菊花从不跟百花开在一起，单独站立在稀疏的篱笆旁意趣无穷。宁肯在枝头上抱着芬芳而死，也不会在劲吹的北风中凋落飘零。

清·李鱓《花卉图册·墨菊》

图上三株菊花，分成两组，两株从下向上生长，另一株从右侧向左上伸出，与另两株形成呼应之势。花瓣有的像礼花，散乱披拂，有的像圆盘，圆如明月。作者题诗道：“菊花开好亦嫌迟，索性无光黑煞时。然而笔墨淋漓意，不是陶家淡冷篱。”

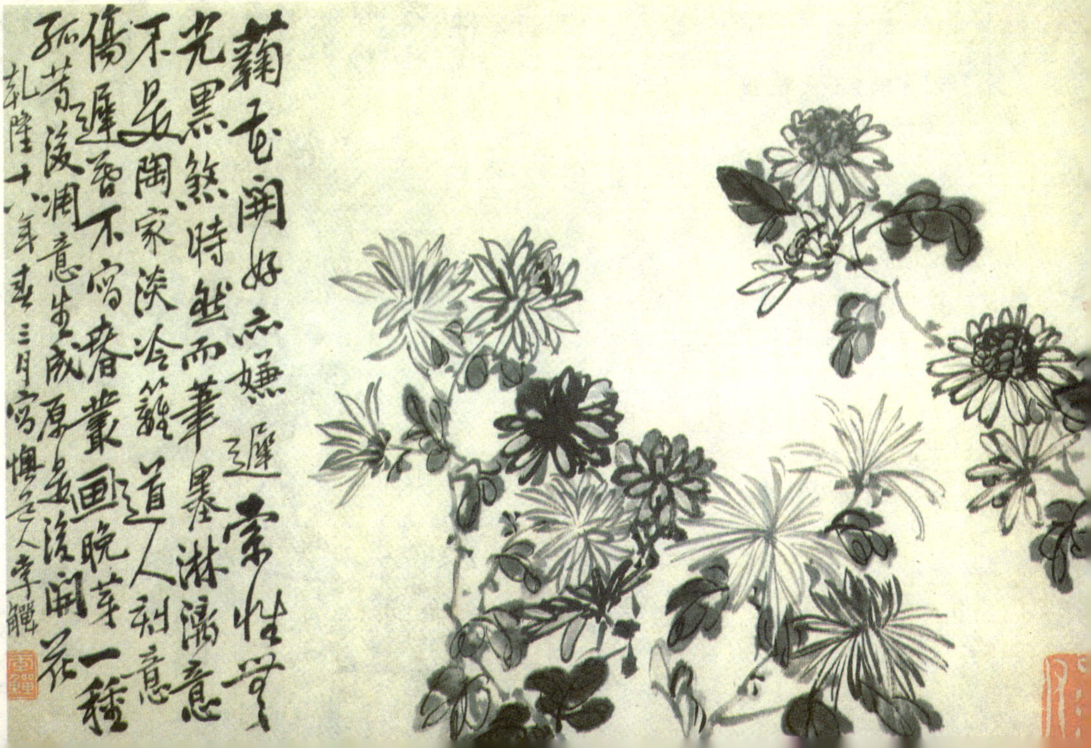

菊

[南宋]潘紫岩

香名不枉入骚坛①，最爱霜林耐岁寒。
切莫逢人叹迟暮②，何曾委地有飘残③。
人如靖节本堪采④，世欠灵均少得餐⑤。
甚矣吾衰闭门坐⑥，篱边自折一枝看。

【难点疏通】

①骚坛：诗坛。②迟暮：喻晚年。③委地：散落在地。④靖节：陶渊明的号。⑤灵均：屈原的字。少得餐：屈原《离骚》中有“餐秋菊之落英”句。⑥甚矣吾衰：语出《论语·述而》：“甚矣吾衰也，久矣吾不复梦见周公。”意谓衰老。

【诗义解说】

菊花美好的名声不会白白地进入诗坛，它最喜爱霜雪覆盖的树林能够忍受岁末的寒冷。千万不要见人就说自己年事已高，你看看菊花什么时候散落在地八落七零。人如果像陶渊明那样就应该前来采摘，可是世上少了屈原就很少有人餐秋菊落英。我已经老了关上门来闲地而坐，从篱边采来一枝菊花看个不停。

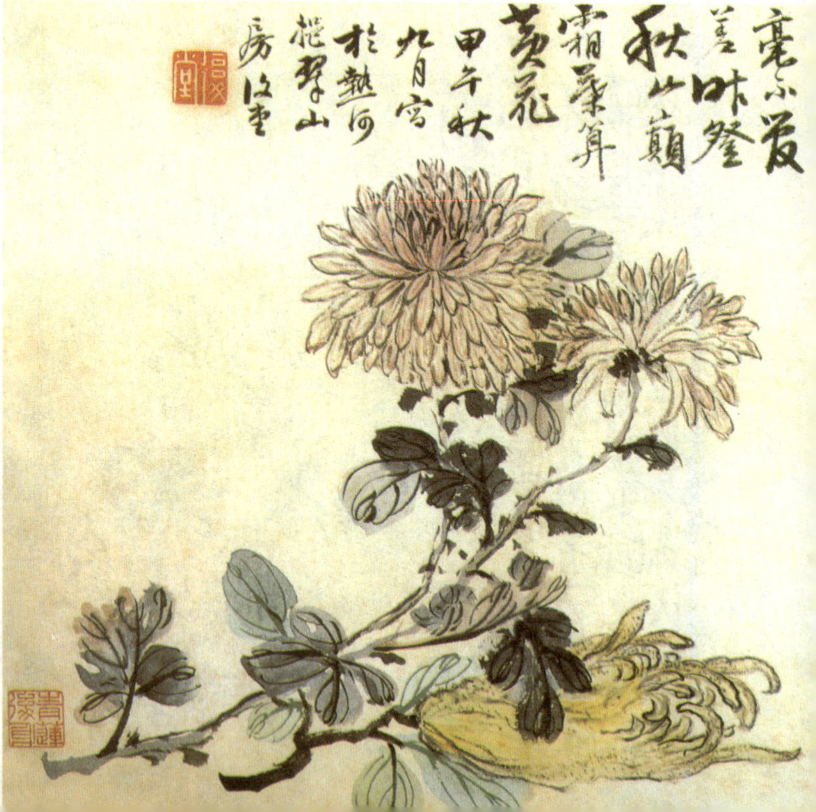

清·李鱓《花鸟图册·菊》

此图为一束折枝菊花，以淡墨绘出枝干，稍加重墨提点，使之神态毕现。枝叶穿插于繁密中见层次，小叶点染，别具活泼韵致。花朵仰面盛开，层次繁复，形态舒展，用笔枯劲老辣，颇有傲霜斗雪的精神。

菊

[南宋]方九功[1]

露冷江萍雁度时，萧萧黄菊满疏篱[2]。
寒枝带雨开仍艳，晚节凌霜赏未迟[3]。
移傍小檐承绮席[4]，纵观深夜倒金卮。
摘来冉冉香盈把[5]，共泛西风醉莫辞。

【难点疏通】

①方九功：生卒及生平不详。此诗收入《全宋诗》中。 ②萧萧：摇动的样子。 ③晚节：晚年的节操。这里指菊花傲霜的气节。 ④小檐：小亭。 ⑤冉冉：此指香气不断散开。

【诗义解说】

寒冷的露水落在江中浮萍上正是大雁南飞的时候，摇动的黄菊开满了疏疏的篱边。寒冷的枝上带着雨露花开得仍然很艳，秋晚迎霜冒雪来赏菊还不算晚。带着漂亮的席子铺在小亭的菊花旁边，一直看到深夜甚至把酒杯打翻。采摘来一把散发着清香的菊花，共同在西风中端起酒杯一口喝干。

清·李鱓《花卉图卷》

这幅花卉长卷，绘有各种花卉十多种，均以水墨、淡彩描绘。从全卷来看，排列位置纵横散落，疏密相间，十分得体。画面墨色淡彩交相辉映，笔法收放自如，看后让人赏心悦目。这里选的是菊花一段。

菊花 [南宋]高翥[1]

亲向东篱手自栽，
夕阳小径重徘徊。
花应得似人乖角[2]，
过了重阳烂漫开。

【难点疏通】

①高翥(1170～1241)：南宋诗人。字九万，号菊磵。余姚(今属浙江)人。游荡江湖，布衣终身。是江南诗派江湖派中较有才情的诗人，有“江湖游士”之称。 ②乖角：聪明伶俐。

【诗义解说】

亲自在东篱边栽下了丛丛菊花，夕阳西下的时候在小道上走来走去。菊花如果能像人那样聪明伶俐，那么过了重阳之后就会开得更加艳丽。

清·李鱓《蔬果花卉图卷·墨菊》

一带竹篱曲曲折折，篱笆边生长着数枝菊花，与竹篱相依相伴，里外倾斜的篱笆与耿直的花枝相映成趣。竹篱用淡墨绘出，再用浓墨提点。菊叶墨色浓重，花则有浓有淡，以示不同的变化。

菊

[南宋]刘克庄[1]

羞与春花艳冶同[2]，殷勤培溉待西风。
不须牵引渊明比[3]，随分篱边要几丛[4]。

【难点疏通】

①刘克庄(1187～1269)：字潜夫，号后村，莆田城厢(今属福建)人。南宋著名的爱国诗词家，创作了大量悲壮激昂的爱国诗词，反映现实，雄伟豪放。为人正直，为当时的学者所敬仰，为后人所传颂。著有《后村先生大全集》。②艳冶：美丽鲜明。③牵引：援引，引荐。④随分：随意，任意。

【诗义解说】

菊花羞与春天的花朵一样妖艳美丽，我勤勤恳恳地浇灌等待着西风吹动。没有必要一定跟陶渊明相比，随随便便在篱笆边种上几丛。

清·李鱓《杂画图册·菊花小鸟》

此册杂画卷共十开，这里选的是其中一开。水畔山坡上站着一只小鸟，正在凝视远方，似有所思。身后一株枸杞枝叶扶疏，身前几枝菊花，正在盛开，水中散落着几块碎石。笔墨洗练，形式奇古，虽着墨不多，却神韵俱全。

冬景

[南宋]刘克庄

晴窗早觉爱朝曦[1]，竹外秋声渐作威。
命仆安排新暖阁[2]，呼童熨贴旧寒衣。
叶浮嫩绿酒初熟[3]，橙切香黄蟹正肥[4]。
蓉菊满园皆可羡[5]，赏心从此莫相违[6]。

【难点疏通】

①朝曦：早晨刚出现的阳光。 ②暖阁：安放有火炉以取暖的屋阁。 ③叶：指竹叶青，一种酒的名字。嫩绿：指酒刚刚酿成的颜色。 ④“橙切”句：橙子切开里面是黄的颜色，这里用作比喻蟹黄。 ⑤蓉：指芙蓉。芙蓉有三，一为荷花别名，一为木本芙蓉，还有一种草本芙蓉。这里指的是草本芙蓉。 ⑥违：错过。

【诗义解说】

早晨醒来喜欢这暖融融的阳光，竹林之外刮来渐渐猛烈的秋风。命令仆人安排好温暖的屋阁，呼唤童子熨贴整理冬天的衣什。竹叶青上浮着刚刚酿熟的嫩绿，蟹黄像刚切开的橙子鲜美十分。满园盛开着让人羡慕的芙蓉菊花，从此以后再也不要错过这让人心动的良辰美景。

明·内府彩绘插图本《明解增和千家诗注》

图绘有围墙的院子里放着一张桌子，二人正在饮酒。有童子在熨衣，有童子在等着斟酒，有人在整理书籍。屋后一丛翠竹，院中一通湖石，地上盛开着菊花芙蓉。全图刻画细腻，设色艳丽，人物表情生动。

菊 [南宋]翁浩堂[1]

秋风两度身为客，
已见重阳未到家。
村酒不堪供节事，
只将青眼看黄花[2]。

【难点疏通】

①翁浩堂：生卒年不详，名翁甫，字景山，号浩堂，崇安(今属福建)人。宝庆二年(1226)进士，累官江西转运使，太府少卿。 ②青眼：喜爱或器重。

【诗义解说】

已经两个秋天我还作客在外，眼看又到重阳可还没有到家。村中低劣的酒不能作为节日的饮品，只是用喜爱的眼光看着菊花。

清·李鱓《竹菊坡石图》

图上几枝菊花、两竿翠竹，顽强地在山石上生长着，菊花虽近凋落，但仍抱枝头。所依磐石用淡墨层层皴染，呈现出坚实厚重之态。上有作者题诗一首：“自在心情盖世狂，开迟开早说何妨。可怜习染东篱竹，不想凌云也傲霜。”

菊

[南宋]赵葵[1]

城荒叶落风嗖嗖[2]，
淮水茫茫古渡头[3]。
白首不堪行乐地，
黄花点点是离愁。

【难点疏通】

①赵葵(1186～1266)：字南仲，号信庵、庸斋，衡山(今属湖南)人。宁宗嘉定十四年(1221)以战功知枣阳军。累官将作监丞、京河制置使、湖南安抚使、枢密使兼参知政事等。工诗文，善画墨梅。 ②城荒：城外荒凉之地。 ③淮水：即淮河，源出河南桐柏山，东流经河南、安徽入洪泽湖，从洪泽湖以下入长江。

【诗义解说】

荒凉的城外冷风吹来树叶纷纷落地，来到了茫茫淮水边上的古老渡口。年老之人来到欢乐之地有些不能承受，那点点黄色的花朵就是离别的忧愁。

清·李鳝《三秋图》

图上绘有一把茶壶、一个花盆，盆中栽着几枝菊花。有趣的是茶壶嘴里也插着一枝菊花，壶边还放一枝，偃仰有致。作者以焦墨绘茶壶，造型准确生动，对壶嘴、壶盖、壶把的刻画都细致入微。花盆则用笔简略，几笔勾出。全图简约淡雅，格调清新。

黄 花　[南宋]朱淑贞①

土花能白又能红②，
晚节犹能爱此工③。
宁可抱香枝上老，
不随黄叶舞秋风④。

【难点疏通】

①朱淑贞：约1131年前后在世。一作淑真，女，号幽栖居士。钱塘(今浙江杭州)盐官县人。幼颖慧，博通经史，能文善画，精晓音律，尤工诗词，素有“才女”之称。因父母做主，所嫁志趣不合，婚后生活很不如意，抑郁而终。②土花：苔藓。③晚节：这里指晚年。工：指菊花开得艳丽。④“宁可”两句：因菊花枯死枝头，不凋谢，故这样说。

【诗义解说】

苔藓有时变成白色有时也能变红，到了晚年更加喜爱菊花的美丽。宁可怀抱着香气在枝头上老死，也不会随着黄叶在秋风中飞舞。

清·李鱓《篱菊图》

图绘篱笆边，有数株菊花正迎着秋风绽放。菊花或黄或白，笔法或勾或染，墨色或浓或淡，富有变化。侧锋逆转，淡彩焦墨，笔笔俱到，随意挥洒，情趣无限。上有作者题诗一首：“道人刻意伤迟暮，不写春丛画晚芽。一种孤芳傲霜意，生成原是后开花。”

野菊座主闲闲公命作　[金]元好问①

柴桑人去已千年②，细菊斑斑也自圆。
共爱鲜明照秋色，争教狼藉卧疏烟③。
荒篱断垄新霜后，瘦蝶寒蛩晚景前④。
只恐春丛笑迟暮，题诗端为发幽妍⑤。

【难点疏通】

①元好问(1190～1257)：字裕之，号遗山，太原秀容(今山西省忻县)人。金代著名诗人、史学家。曾任儒材郎、充国史院编修、尚书省掾、左司都事。金亡后二十余年间，致力于金史研究。涉足诗、词、文、散曲和笔记小说等文学领域，尤以诗的成就最高。 ②柴桑人：指陶渊明。柴桑，县名，西汉置，在今江西九江西南，是晋朝诗人陶渊明的家乡。 ③争教：怎教。 ④蛩：蟋蟀。 ⑤幽妍：僻静的美丽。

【诗义解说】

陶渊明离开我们已有上千年，刚开的菊花斑斑点点也自成圆形。人们都喜爱秋色里这鲜明的颜色，怎忍让菊花一片狼藉卧在淡淡的烟雾之中。刚刚下过霜之后荒凉的篱笆隔断了垄亩，瘦瘦的蝴蝶寒冷的蟋蟀都是这深秋之景。只怕春天的花朵嘲笑这花深秋才开，所以我写诗就是要把菊花来歌颂。

清·李鱓《花卉图》

此幅长卷上绘有牡丹、菊花、兰花和水仙等花卉多种，随意排列开来。花卉姿态各异，或横或斜，或俯或仰，充溢着一种盎然生机，并时有湖石穿插其中。笔墨有轻有重，有刚有柔，变化无穷。这里选的是菊花一段。

丙午九日咏菊二首之一

[金]元好问

秋菊有何好，只缘风露清①。
花中谁比数②，霜后独鲜明。
九日惜虚过，一尊还自倾③。
今年病居士④，吟绕更关情⑤。

【难点疏通】

①只缘：只是因为。 ②比数：与之相比。 ③自倾：自斟自饮。 ④居士：文人雅士的自称。 ⑤吟绕：环绕着吟咏。

【诗义解说】

秋天的菊花都有什么好处？只是因为经过风露后更加清新。鲜花中谁能与菊花相比？经过霜降之后只有它更加鲜明。可惜的是九月九日这一天白白度过，端起一杯酒来在自斟自饮。今年我又得了一场大病，所以绕菊吟诗更加关乎感情。

清·李鱓《冷艳幽香图》

此幅长卷前半段画冬梅白头翁、春兰水仙，后半段画夏荷鸳鸯、秋菊鹌鹑。这里选的是菊花一段。一带疏篱边盛开着朵朵秋菊，花色有白有黄，大小相间，亦有未开的骨朵。篱边一株野草上落着一只螳螂，另一边有两只鹌鹑相向而对，似有斗意，情趣无限。

菊

[金]李俊民[1]

色笑秋光淡，香嫌酒力悭[2]。
东篱在何处？客里见南山。

【难点疏通】

①李俊民(1176～1260)：字用章，别号鹤鸣老人，泽州晋城(今山西晋城市)人，唐高祖李渊第二十二子韩王李元嘉后裔。金、元之际著名学者，名重一时，上至天文，下至地理，经史百家，无所不晓。诗作重于当时。②悭：欠缺。

【诗义解说】

菊花的美色嘲笑着秋光的淡薄，浓浓的香味嫌酒力的度数尚欠。陶渊明采菊的东篱在什么地方呢？我客居他乡悠然见到了南山。

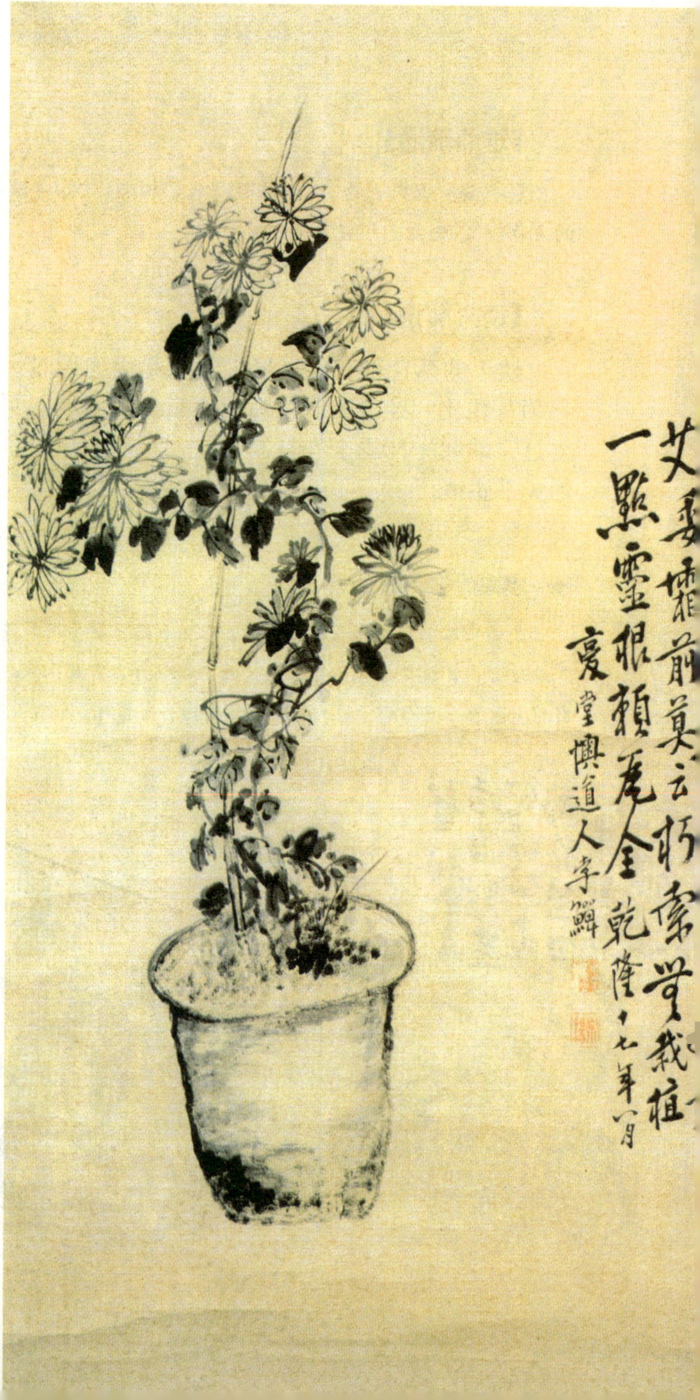

清·李鱓《菊花图》

图中所绘为盆中菊花，十分清雅别致。菊花的花瓣用双勾绘出，线条柔曲多变，尽得婀娜之姿。菊叶用墨晕染之后，再用浓墨勾出筋脉，神态毕现。花枝在一根竹竿的支撑下，弯曲成“S”形，匠心独具。

野菊 [金]李俊民

风露丛中取次芳[1]，
愁边过却几重阳。
秋光到处多无主，
不是闲花不肯香[2]。

【难点疏通】

①取次：一个接一个。 ②闲花：野花。

【诗义解说】

在秋风秋露的花丛中花朵一个接一个开放，在忧愁里边不知过了几个重阳。秋天的光景所到之处都是没有主的野花，若不是野花也不肯发出芬芳。

清·李鱓《花鸟图》

图绘山石依左侧累叠而上，用笔粗放，纵横勾勒，奇崛险劲。菊花散落于石缝之中，有前有后，层次历历。花朵与花叶用细笔勾描，再填以颜色。菊依石而生，石因菊而艳。下方草丛中两鹌鹑相向对语，颇得自然之神韵。

菊

[金]宋九嘉①

酴醾风味熏人醉②，
著莫东篱爱酒翁③。
一夜金英全换骨④，
冷香晴雪满秋风。

【难点疏通】

①宋九嘉(1184～1233)：字飞卿，夏津(今属山东)人。崇庆二年进士。历蓝田、高陵、扶风、三水四县令，又为补省掾、延安帅府辟充经历官，召为南京右巡院使。以不能事权要罢官。为人刚直豪迈，能政能文，辞赋颇佳。②酴醾：古时指重酿的酒。③著莫：撩拨。东篱爱酒翁：指陶渊明。④骨：质地。

【诗义解说】

美酒的味道熏得人昏昏欲醉，撩拨着东篱边那个爱酒的老人。过了一夜金色的花朵都换了颜色，冷冷的香气充满晴明的雪里秋风之中。

清·李鱓《花卉图屏·菊》

图中绘一石如柱，上大下小，方折瘦硬，极其险峻。石的周围生长着鲜艳夺目的菊花，打破了石的单调。又有一枝从上方伸出，填补了上部的空白。寥寥几笔，就画出了菊石的风韵。花瓣或勾或染，花叶或浓或淡，典雅秀逸，清新明丽。

野菊

[金]王庭坚[1]

斗鸡台下秋风里[2]，白白黄黄无数花。
日暮城南城北道，半随榛棘上樵车[3]。

【难点疏通】

①王庭坚：字子贞，盖州熊岳(今辽宁盖县)人，当时著名诗人王庭筠兄。余不详。②斗鸡台：古代举行斗鸡活动的场所，其遗址有多处，此不可确指。③榛棘：这里泛指柴草。樵车：拉柴的车。

【诗义解说】

一阵秋风从斗鸡台下刮过，这里生长着白白黄黄无数菊花。看一看天晚时城南城北的道路上，有一半都随着柴草装上了拉柴的车。

清·李鱓《花卉图卷·瓶菊》

此图构图简单，只有一个花瓶，瓶中插着一枝菊花。花瓶大方简练，粗笔勾出轮廓。瓶中插着的菊花，极尽弯曲飘逸之能事。菊花采用勾花点叶法，行笔凝重，实按虚起，神韵无限。

野菊　[金]赵秉文[1]

离离岩下菊[2]，无主混蓬茅[3]。
路断秋光里[4]，山明水影交。
荒丛鸣蟋蟀，寒叶挂蟏蛸[5]。
拟访陶庐饮[6]，柴扉何处敲。

【难点疏通】

①赵秉文(1159～1232)：字周臣，号闲闲居士，金磁州滏阳(今河北省磁县)人。世宗大定二十五年(1185)登进士第，宣宗兴定元年(1217)拜礼部尚书，兼侍读学士，同修国史、知集贤院事，哀宗时改翰林学士。诗文书画皆工，在当时颇有文名。 ②离离：浓密的样子。 ③无主：没有主人，指野生。 ④路断：道路断绝，指没有道路。 ⑤蟏蛸(xiāo shāo)：蜘蛛的一种，身体细长，脚很长，多在室内墙壁上结网。民间称喜蛛，认为是喜庆的预兆。 ⑥拟：打算。陶庐：陶渊明家。

【诗义解说】

岩石下面长着浓密的菊花，因其无主而混杂在野草中。在秋天的时光里没有道路可走，山峰光明在水中留下倒影。荒草丛中蟋蟀叫个不停，蜘蛛把网挂在寒冷的叶丛。打算到陶渊明家饮上一杯美酒，可不知道到什么地方去敲柴门。

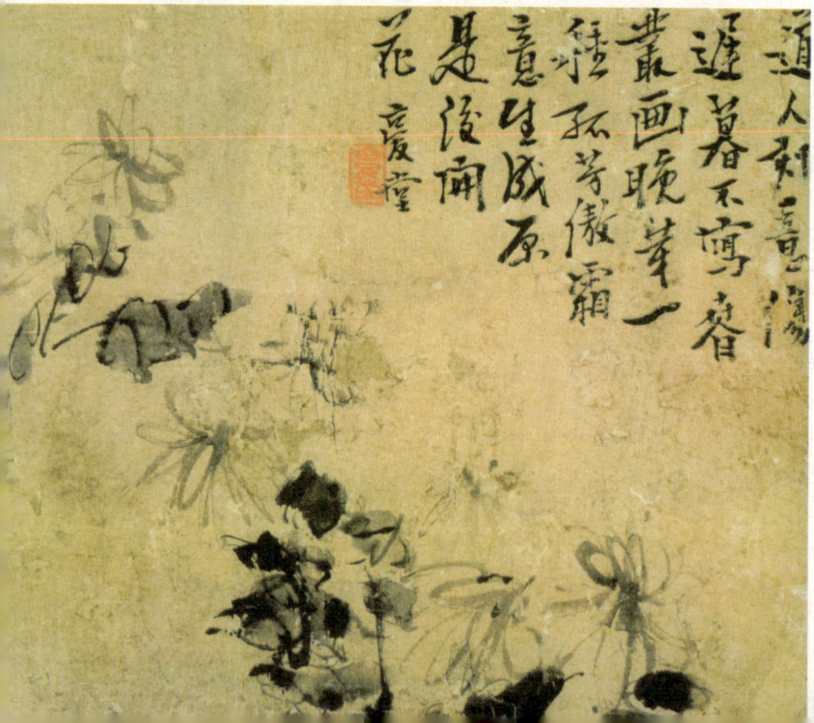

清·李鱓《菊花图》

此图绘几枝菊花，浓墨点叶，淡墨勾花，笔简而意深。菊花枝叶带有行草书的味道，潇洒飘逸，苍劲老辣。

菊

[元]何中①

菊花如幽人②，梅花如烈士③。
同居冰雪中，标格不相似④。

【难点疏通】

①何中(1265～1332)：字太虚，又字养正。乐安(今属江西)人。宋末举进士，至顺二年(1331)为龙兴郡学师。对史学有研究，善书法、诗文，喜藏书。 ②幽人：隐居之人。 ③烈士：有气节和壮志的人。 ④标格：风范，风度。

【诗义解说】

菊花就像一位幽居的隐士，梅花则像一位性格刚烈的人。虽然它们共同生长在冰雪之中，但它们的风度却不相同。

清·李鱓《松菊犹存图》

图绘一株古松，苍劲老辣，枝干狂放，树下几株菊花迎寒怒放。菊花用短笔勾勒，透润清丽。松树干以浓淡不同的墨色双勾绘写，淡墨描出树枝。随意的几笔，就写出了松树高洁不屈的性格。

九月十八日黄菊始开时且禁酿漫成示德衡弟

[元]蒲道源[1]

苒苒秋事杪[2]，幽丛花始黄。
直须凋众卉[3]，才许见孤芳。
重露洗金质[4]，严风吹绿裳[5]。
陶翁如有酒，何日不重阳。

【难点疏通】

①蒲道源(1260～1336)：元代散曲家、诗人，字得之，号顺斋。世居眉州青神县(今属四川省)，后徙居南郑(今属陕西省)。初为郡学正，皇庆二年(1313)征为翰林编修，迁国子博士。延祐七年(1320)辞归。著有《闲居丛稿》。 ②苒苒：渐渐地。杪：尽。 ③直须：竟至于。 ④重露：浓重的露水。金质：金黄色的质地。 ⑤严风：寒风。

【诗义解说】

渐渐地秋天到了最后时日，僻静之处的菊花开始变成了黄色。一直到各种花草都凋谢的时候，才刚刚看到孤零零的花朵。浓重的露水洗去了菊花金色的质地，寒风吹拂着菊花绿色的叶子。陶渊明如果有酒的话，那什么日子不都是重阳佳节？

清·李鱓《花卉图·瓶菊》

图上两只花瓶用笔十分简率，瓶中插着两枝菊花。菊花仰面盛开，花叶之间结构严谨，浑然天成。墨色变化多端，行笔凝重精练，奇趣无限。

九日诸生携酒至城东看菊 [元]范梈[1]

楚楚临阶菊[2]，重阳特地开。
慰人良有意[3]，报汝愧无才。
巷杵闻鸡发[4]，邻觞送蟹来。
采英吾欲寄，怅望依江台[5]。

【难点疏通】

①范梈(1272～1330)：字亨父，又字德机。江西清江(今樟树市)人。诗人、书法家。历官翰林院编修、海南海北道廉访司照磨、福建闽海道知事等职，有政绩。诗风格清健淳朴，与虞集、揭傒斯、杨载齐名，号为“元代四大家”。②楚楚：排列整齐。③良：确实，果然。④杵：一种捣制谷物、药物及筑土、捣衣用的棒槌。⑤怅望：心情郁闷地远望。

【诗义解说】

排列整整齐齐台阶下的菊花，特地在重阳节那一天开始盛开。对人的慰问实在是富有深意，可是我想报答你却没有文才。深巷里的捣衣声在鸡叫的时候响起，这时邻居端着酒杯送螃蟹过来。采一把菊花想要寄给远方的亲人，因无法送达心情郁闷地靠在江边高台。

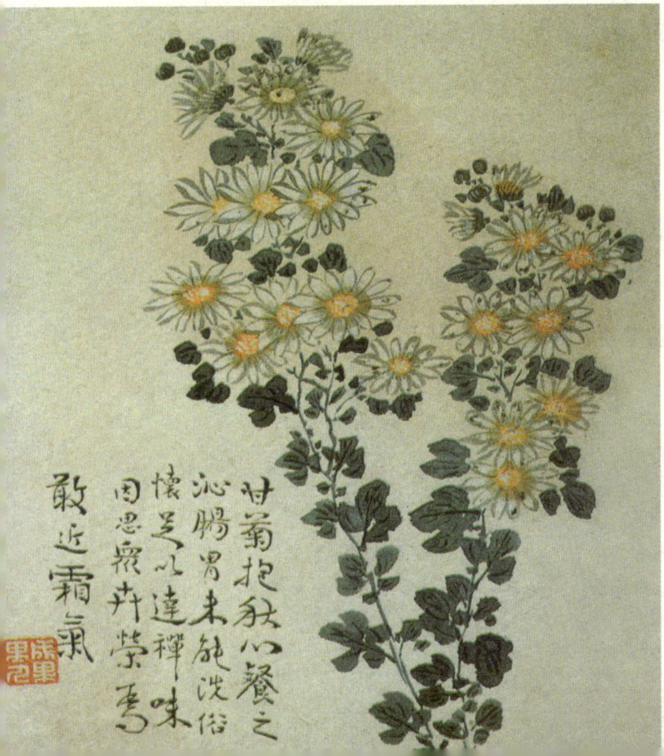

清·汪士慎《花卉图册·菊》

汪士慎（1686～1759），字近人，号巢林、溪东外史，安徽歙县人。居江苏扬州，为“扬州八怪”之一。工画花卉，尤擅画梅，所画梅清淡秀雅，枝疏花简。精篆刻和隶书，称雄一时。书法风神独绝，气韵生动，自成一家风格。此册共十二开，这里选的是菊花一开。此图构图简洁，赋色淡雅，花姿绰约。枝干虽然纤细，但不失劲挺之势。叶子浓绿，反衬朵朵白菊花十分突出。作者题诗曰：“甘菊抱秋心，餐之沁肠胃。未能洗俗怀，足以达禅味。”

桃花菊[①]

[元]王恽[②]

泪洒明妃寄露葩[③]，换根非为贮丹砂[④]。
黄轻白碎空多种[⑤]，碧烂红鲜自一家。
骚客赋诗怜晚节[⑥]，野人修谱是头花。
九秋霜露无情甚[⑦]，时约行云护彩霞。

【难点疏通】

①桃花菊：一种粉红色菊花，瓣如桃花，开花比其他菊花要早。 ②王恽(1227～1304)：字仲谋，号秋涧，卫州路汲县(今河南卫辉市)人。元朝著名学者、诗人、政治家，一生仕宦，刚直不阿，清贫守职，好学善文，是元世祖忽必烈、裕宗皇太子真金和成宗皇帝铁木真三代的谏臣。 ③明妃：汉明帝宫人王嫱，字昭君，曾出塞和亲。晋时避文帝司马昭讳，改明君，后人又称明妃。 ④换根：作者以为，菊花长成桃花形，是把菊根换成桃根的结果。丹砂：即朱砂。色深红，古代道教用以化汞炼丹，可入药，也可制作颜料。 ⑤黄轻白碎：淡黄色的和零星白色的。因菊花以黄色和白色居多。 ⑥骚客：诗人。怜：爱。 ⑦九秋：九月深秋。

【诗义解说】

菊花上的露珠是昭君出塞时洒下的泪滴，把菊根换成桃根不是为了贮存红色丹砂。黄的菊白的菊徒然有那么多种，而这种菊花叶子碧绿花朵红鲜自成一家。诗人们写诗是因为喜爱菊花的晚节，乡野之人修菊花谱时把它列为第一花。深秋的霜露真是太无情意，此时需要邀请行云来保护彩霞。

清•郑燮《兰菊松石图屏•菊》

郑燮(1693～1765)，字克柔，号板桥，江苏兴化人，康熙时秀才，雍正时举人，乾隆时进士。画家、书法家、文学家，客居扬州，以卖画为生，为“扬州八怪”之一。诗、书、画世称“三绝”，画擅长兰竹。图绘悬崖峭壁之上，一股山泉飞流直下，气势磅礴，似乎能听到水的轰鸣。山石间茂菊丛生，横向生长，打破了瀑布的板直。花色艳丽，清香四溢。画面构思奇特，意境高远，笔墨潇洒，意趣无限。

菊枕

[元]马祖常[1]

东篱采采数枝霜[2]，包裹西风入梦凉[3]。
半夜归心三径远[4]，一囊秋色四屏香[5]。
床头未觉黄金尽[6]，镜底难教白发长。
几度醉来消不得，卧收清气入诗肠。

【难点疏通】

①马祖常(1279～1338)：字伯庸，光州人。历任应奉翰林文字、监察御史，曾劾罢丞相特们德尔。未几特们德尔复相，因避祸退居。特们德尔死后出任翰林待制，元统初(1333)拜御史中丞。卒谥文贞。工于文章，诗才富健。②数枝霜：数枝带霜的菊花。③西风：这里指菊花带有的一种清凉之气。④三径：指归隐的田园。⑤四屏：四壁。⑥黄金：这里指菊花。

【诗义解说】

从东篱边采来一些带霜的菊花，把这带有西风的花朵包裹为枕睡梦中也感到清凉。半夜时忽生思乡之情可家乡太远，只有这枕中的秋色使满屋生香。只要床头上的菊花没有用尽，那么从镜子里就看不到白发如霜。几次醉酒几次都没有醒来，只好躺在床上把菊枕中散发出来的清气写进诗行。

清·李方膺《花卉图册·竹菊》

李方膺(1695～1755)，字虬仲，号晴江，别号秋池、抑园、白衣山人，“扬州八怪”之一。工诗文书画，擅梅、兰、竹、菊、松、鱼等，自成一格，其画笔法苍劲老厚，剪裁简洁，不拘形似，活泼生动。此图册共六开，此选其一。图绘一竿翠竹，顶天立地，一根嫩枝斜向生长，与菊花的方向同步，菊枝分出一直立的杈，与嫩竹形成交叉。落笔精确，疏落有致，简洁淡雅，意境高妙。

绕堤种菊 [元]许有孚[1]

酒熟同招隐士看，
饥来忍把落英餐[2]。
春风无限闲桃李[3]，
不似黄花耐岁寒。

【难点疏通】

①许有孚：约1330年前后在世，字可行，汤阴（今属河南）人。登进士第，历中宪大夫，同金太常礼仪院事。有《圭塘唉乃集》二卷。 ②英餐：指屈原《离骚》“餐秋菊之落英”诗句。 ③无限：无边无际。闲：悠闲。

【诗义解说】

美酒酿熟之后请来隐士一同观看，饥饿的时候只好用菊花来当餐。无边的春风吹拂着正开的桃花与李花，可它们却不像菊花那样耐得岁末的严寒。

清·李方膺《秋菊图》

看来图上的花盆已经有些残破，故用绳捆了起来，盆里生长着盛开的菊花和两竿翠竹。笔力迅疾狂放，线条极富力度，墨色和谐，画面繁而不乱。上有作者题诗一首：“莫笑田家老瓦盆，也分秋色到柴门。窗风昨夜园林过，扶起霜花扣竹根。”

菊蹊 [明]高启①

独行林下路，
望望南山暮②。
无酒掇英尝③，
寒香已零露④。

【难点疏通】

①高启(1336～1374)：字季迪，号青丘子。吴郡长洲(今江苏苏州)人。力学工诗。家住北郭，与王友等十人号“北郭十才子”。明朝建立，被荐修元史，授翰林国史编修官，累官户部侍郎。善楷书，行、草入妙，诗文皆精。②望望：依恋地瞻望。③掇：拾取，摘取。④零露：降落的露水。

【诗义解说】

我一个人走在树林下的小路，无限依恋地望着南山这时天已黑了下来。没有美酒只好摘一把菊花尝尝，寒冷的香气已被降落的露水洗去。

清·李方膺《菊石图》

图上用浓淡不同的墨色绘几通石柱，挺拔峭立，有前有后，石柱间盛开着鲜艳的菊花，石柱下野草披拂。淡墨勾写菊花，石青略点叶面，笔法纵逸，简括传神。

晚香轩

[明]高启

不畏风霜向晚欺①，独开众卉已凋时。
地荒老圃苔三径②，节过重阳雨一篱。
秋色苍茫人醉少，寒香落寞蝶先知③。
山翁独念同衰晚④，坐对幽轩每赋诗。

【难点疏通】

①向晚：傍晚。 ②地荒：荒僻的地方。老圃：废弃的园圃。 ③落寞：冷落，寂寞。 ④山翁：作者自指。同衰晚：一同在秋晚衰老。

【诗义解说】

不怕风霜雨雪到了晚上更加猛烈，当菊花单独开放的时候其他花草都已凋残。在荒僻破旧的园圃里苔藓已经淹没三径，重阳节过后一阵秋雨落在篱边。在这无边的秋色里人们很少喝醉，只有蝴蝶事先知道寒冷的香气在逐渐消散。山中的老翁单单想到和晚秋菊花一同衰老，坐在幽静的窗前不时写下一首首诗篇。

清·虚谷《松鹤图》

虚谷(1823~1896)，籍本新安(今安徽歙县)，家于广陵(今江苏扬州)。僧人，俗姓朱，名怀仁。以书画自娱，山水、花卉、蔬果、禽鱼落笔冷隽，蹊径别开，书法亦奇古绝俗。山坡上生长着一株苍劲的古松，从右至上方破出画面，一只丹顶鹤单腿立于松前，几丛盛开的菊花点缀在坡上。时用中锋，时用侧锋，焦墨、浓墨交替使用，枯润间杂，变化莫测，使画面平添一种冷峻和坚毅。

九月八日对菊

[明]高启

预向篱边把一杯，黄花多意已能开①。
不忧风雨明朝阻，懒逐时人斗折来②。

【难点疏通】

①多意：深意。 ②斗折：指古代的斗百草游戏。人们到郊外举行采花草比赛，以多寡优劣来定胜负。逐：跟随。

【诗义解说】

正打算到篱笆边喝上一杯酒，菊花含着深意都开得艳丽。不担心明天早晨风雨的阻隔，但懒得随着人们去玩斗草的游戏。

清·虚谷《花卉蔬果图册·菊》

此册共十二开，这里选的是其中一开。图上的野草已经枯萎，只有菊花还在迎风盛开，二者形成鲜明的对比。硕大的菊花仰面朝天，富有挑战意味。浓绿的叶子随意点染，显出了勃勃生机。

悼废圃残菊

[明]刘基[1]

旧菊将芜尚有根，高秋相顾耿无言[2]。
芳心不共青莎死[3]，生态犹欺白露繁[4]。
要待灵均餐落蕊[5]，从教元亮耻空尊[6]。
何人解识凄凉意，分付寒蛩仔细论[7]。

【难点疏通】

①刘基(1311～1375)：字伯温，谥文成。元末明初军事家、政治家及诗人，通经史，晓天文，精兵法。因辅佐朱元璋完成帝业、开创明朝并竭尽全力保持国家的安定，因而驰名天下，被后人比为诸葛亮。 ②高秋：深秋。耿：耿直。 ③青莎：即莎草，多年生草本植物，地下块根叫香附子，可供药用。 ④生态：生长的态势。 ⑤灵均：屈原的字。⑥从教：从而使。元亮：陶渊明的号。 ⑦寒蛩：寒蝉。论：叙说。

【诗义解说】

残旧的菊花将要荒芜却还有根存在，深秋到来耿直刚劲的菊花却默默无言。菊花的内心不想跟青莎一块儿死掉，生长的态势仍然胜过霜露的频繁。在等到屈原品尝落英之后，从而让陶渊明杯中无酒而为难。什么人才能够明白这种凄凉的意思？那就让寒蝉跟你仔细地叙谈。

清·虚谷《杂画册·菊有英华》

此册共十四开，这里选的是其中一开。图上浓绿的叶子、金黄色的花朵，描绘出深秋季节独有的茂盛与生机。浓墨染出的叶子上，可见纤细的筋脉。先用墨勾出轮廓，再涂颜色，艳丽非凡。

己未九日对菊大醉戏作 [明]袁凯[1]

老夫爱此黄金蕊，儿子须将白酒赊[2]。
直到残阳下天去，更添灯火照欹斜[3]。

【难点疏通】

①袁凯：生卒年不详。明初诗人。字景文，号海叟。松江华亭(今上海市松江县)人。早年好学，曾做《白燕》诗，一座为之惊服，因称“袁白燕”。元末曾为府吏，明初授监察御史，因受朱元璋憎恶，佯装疯癫，得归故里，盘桓山水间，以避监视。 ②赊：欠账。 ③欹斜：歪斜不正。

【诗义解说】

老夫平生就爱这金黄色的花朵，让儿子再去赊欠一些白酒。一直喝到残阳已经落下山去，又添上灯火照在我歪斜的身体。

清·虚谷《松石兰菊图》

图绘石坳间一株古松顶天立地，苍劲挺拔，有藤条缠在树上，树下菊花鲜艳夺目，一丛兰花清新明丽。松干用赭石涂色，松针墨色浓重，菊的花瓣用双勾绘出。山石铺以淡墨，而后又浓墨点苔。整个画面冷峻而热烈。

汝庆宅红菊

[明]何景明①

红菊开时暮，亭亭冠物华②。
亦知颜色好，不是艳阳花③。
罗绮娇秋日④，楼台媚晚霞。
清香如不改，常傍美人家⑤。

【难点疏通】

①何景明(1488～1521)：明文学家。字仲默，号大复山人，河南信阳人。弘治年间进士，官至陕西提学副使。与李梦阳齐名，为“前七子”领袖，对明代诗文风气产生一定影响。著有《大复集》。 ②亭亭：高耸的样子。物华：事物的精华。也指景物。 ③艳阳：阳光明媚的春天。 ④罗绮：罗和绮，后泛指丝织品。也引申为繁华。 ⑤美人：品德高尚的人。

【诗义解说】

红色的菊花盛开的时候已经到了年末，亭亭玉立比所有的景物都要娇妍。谁都知道菊花的颜色美好，但却不同于开在风和日丽季节的花那样妖艳。美丽如罗绮般的花朵在秋季里开得十分漂亮，高高的楼台在晚霞中显得格外好看。菊花的清香如果始终不变，它就会经常陪伴在品德高尚的人身边。

清·虚谷《篱菊飞鸟图》

图绘篱落边菊花正在盛开，昂首朝天，一种不屈的性格跃然纸上。菊后有一株枯树，叶子所剩无几，与菊花形成鲜明的对比。上方有两只小鸟张着嘴正向菊花飞来，人们似乎能够听到它们的叫声，这使画面顿时活了起来。

八月二十八日子容过对菊

[明]何景明

近节逢花放，开樽集异乡①。
乾坤共一笑②，风雨似重阳。
谁识暮蝉意③，独怜秋树芳④。
他时益烂漫⑤，邀尔醉西堂⑥。

【难点疏通】

①集：停留。 ②乾坤：天地。 ③暮蝉：岁末的鸣蝉。 ④怜：爱。 ⑤他时：将来，以后。益：更加。 ⑥尔：你。

【诗义解说】

接近重阳节的时候正赶上菊花盛开，拿起酒杯可仍停留在异国他乡。整个天地都在共度这欢乐时光，风吹来雨打来就好像到了重阳。谁能知道岁末鸣蝉的意思，它偏爱秋天树木的芬芳。过一段时间菊花就会开得更加烂漫，到那时再邀你一同醉卧西堂。

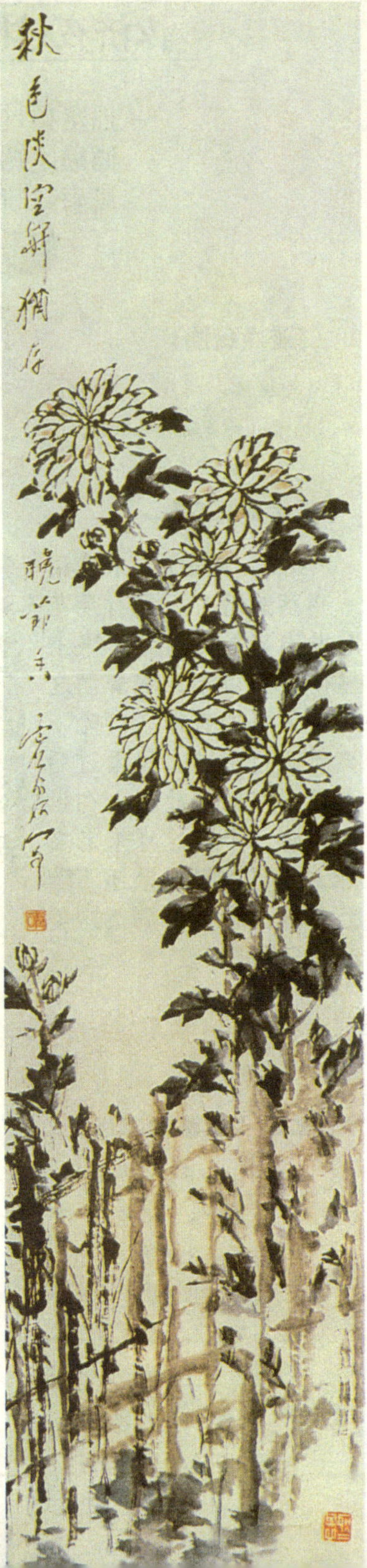

清·虚谷《晚节秋香图》

图绘一束菊花挺出篱笆，迎风而立，枝头簇拥着朵朵白菊，似有一股冷香从中缓缓传出。篱笆的另一侧有一株嫩菊刚刚长出，两个骨朵还未开放，与高大的菊花形成对比。花瓣用墨笔勾出，略施淡彩，艳而不俗。

汝济夜过同以行对菊花

[明]何景明

摇落相过地[1]，芳菲晚更亲。
酒醺留媚眼[2]，灯色笑生春。
风雨新晴夜，江山未老身。
百年如不醉，恐负此花神。

【难点疏通】

①摇落：凋残。 ②醺：醉。媚眼：娇美动人的眼睛。

【诗义解说】

我们一同走过了花草树木凋落的地方，只有菊花散发出来的芬芳到了晚上显得更加可亲。喝醉酒之后眼睛更加有神，灯光下笑出一脸阳春。风雨过后夜晚天空已经放晴，在世上还有一个我这样未老之身。活了百年如果还不醉上一场，恐怕要辜负这美丽的菊花之神。

清·虚谷《松菊傲霜图》

图的右侧山石累叠而起，用笔刚劲，棱角分明。石前一束菊花亭亭玉立，花朵艳丽。上方松干高出画面，左侧一松枝垂垂而下，颇显苍劲。画面以浅绛为基调，再用浓墨绘出菊叶和松针，相互映衬，各臻其妙。

菊花

[明]李梦阳①

不随群草出②，能后百花荣③。
气为凌秋健④，香缘饮露清⑤。
细开宜避世⑥，独立每含情⑦。
可道蓬蒿地，东篱万代名。

【难点疏通】

①李梦阳(1475～1531)：明代文学家。字天赐，又字献吉，号空同子。庆阳(今甘肃庆阳)人。曾任户部主事，因榷税触怒势要下狱。武宗朝代尚书韩文草疏弹劾刘瑾，被勒令辞官，刘瑾被诛后迁江西提学副使，又为权贵所恶去职。在文学上倡言“文必秦汉，诗必盛唐”的复古主义。“前七子”之一。②群草：各种野草。③荣：开花。④凌秋：迎着寒秋。健：强有力。⑤饮露：菊花靠露水滋润生长。因露无杂质，所以古人常以饮露比喻高洁。⑥细开：初开的花朵。宜：应该。避世：避开尘世。⑦独立：单独挺立。

【诗义解说】

菊花不是随着各种春天的花草生长出来，却能够在百花凋谢之后开始繁荣。迎着凛冽的秋风长得更加健壮，香气因得秋露的滋润而格外清馨。刚开的时候避开了浑浊的尘世，傲然独立的时候常常含着深情。可称道的是在那长满蓬莱蒿草的地方，却留下陶渊明“采菊东篱”的万代美名。

清·虚谷《菊花图》

图中疏篱围绕，篱中菊花长得十分劲挺，花朵层叠有致，叶之错落皆有神韵，一股傲然之气跃然纸上。作者极尽侧锋、逆锋、焦墨之能事，塑造了在秋风凛冽中菊花的风骨。

菊

[明]李梦阳

白雁独横林[1]，黄花伴醉游。
眼看风物换[2]，愁杀仲宣楼[3]。

【难点疏通】

①白雁：一种候鸟，体色纯白，似雁而小。古代常用作贽礼。②风物：风光景物。③仲宣楼：即今湖北当阳县城楼，因汉王粲(字仲宣)于此楼作《登楼赋》而得名。后借用为登临抒怀的典故。

【诗义解说】

一只白雁从树林上横着飞过，遍地的菊花伴着酒醉之人闲游。眼看着风光景物都已经发生变化，登高望远使我增添了满怀忧愁。

清·虚谷《篱边秋色图》

一带稀疏的篱笆边盛开着丛丛菊花，菊花分黄白两种，黄菊高高耸出篱笆，昂扬向上，白菊低矮，敦敦实实，旁侧另有一株嫩菊，正要开放。图上黄、白、绿等颜色交互使用，相互映衬，美艳超凡。

题渊明菊

[明]陈宪章①

篱下花堪把②，先生有酒不？
遥看白衣者③，不复问江州④。

【难点疏通】

①陈宪章：名录，字宪章，以字行，号静斋、如隐居士，会稽(今浙江绍兴)人，生卒年不详。能诗善画，墨梅及松竹兰蕙等笔意儒雅，画梅与王谦齐名。 ②堪：能够，可以。 ③白衣者：指归隐后的陶渊明。白衣，古代平民的服装。 ④江州：西晋元康元年置，治所在今江西九江。陶渊明曾任江州祭酒，归隐后，就不再关心出仕的事。

【诗义解说】

篱笆下的菊花已经能够采成一把，渊明先生你现在还有没有酒？远远看去一个穿着百姓服装的老人，他不再关心出不出仕到江州。

清·高其佩《黄菊图》

高其佩(1672～1734)，字韦之，号且园、南村，铁岭(今属辽宁)人。指头画的创立者。艺术才华出众，能诗工画，笔墨精细，设色艳丽，精妙绝伦。创作山水、人物、花鸟、走兽，均信手一挥而就，在指勾掌抹中表现出一种独特的神韵。图绘一折枝菊花，纤细的枝干上挺立着两朵硕大的花朵，一正一侧，各呈姿态。菊叶有的已经枯萎，有的浓绿，有的鲜嫩，表现出了不同的层次。图上没有任何背景，给人一种空寂之感。

后菊会再次李九渊韵

[明]陈宪章

留连杯酒下①，重叠菊花期②。
熟犬知过客，寒蜂亦恋枝。
溪山回月色，香影入梅诗③。
地窄君休舞，倾斜尔接篱④。

【难点疏通】

①留连：耽搁，拖延。 ②重叠：相同的东西层层相积，形容多。 ③“香影”句：指宋代诗人林和靖《山园小梅》中“疏影横斜水清浅，暗香浮动月黄昏”诗句。 ④接篱：古代的一种头巾。

【诗义解说】

把时间都耽搁在了饮酒之中，又赶上了菊花盛开的时期。家犬因熟悉客人所以知有客来，寒冷中蜜蜂仍留恋花朵不肯离去。小溪山岭都笼罩在月色之中，“疏影”“暗香”全进了林和靖咏梅的诗里。这个地方狭窄请你不要翩翩起舞，以免弄歪了头巾你还不知。

清·胡远《菊石图》

胡远(1823～1886)，字公寿，号瘦鹤、横云山民，华亭(今上海松江)人。能诗，善书画。画秀雅绝伦，以湿笔取胜。山水花木无所不能，尤喜画梅。扇面的左侧山石堆积，石后一株枫树，叶子所剩无几，报告了此图所绘的季节。而几朵菊花正迎寒盛开，为枯寂的季节带来一丝亮色。山石施以淡墨，随意点染，树干用重墨，几片树叶先勾轮廓，再填色彩。菊的花瓣向后倾斜，似正迎着对面吹来的冷风，傲然不屈。

楚云台观民泽所栽菊

[明]陈宪章

当轩玉朵孤①，植竹翠径扶。
香细风初动，神清俗本无。
寒深溪井涸，月出山瓢疏②。
何处异乡客，未怀歌茱萸③。

【难点疏通】

①玉朵：指菊花的花朵。 ②山瓢：山野中人所用的瓢。泛指粗陋的盛器或饮器。疏：粗糙。 ③“何处”两句：化用王维诗《九月九日忆山东兄弟》：“独在异乡为异客，每逢佳节倍思亲。遥知兄弟登高处，遍插茱萸少一人。”未怀，未曾怀有。茱萸，一种植物，香气辛烈，根可入药。古俗农历重阳节，佩茱萸能祛恶辟邪。

【诗义解说】

靠近窗前孤单单地开着几朵菊花，依附着栽种的竹子形成一条翠绿的小径。小风轻轻吹来淡淡的香气，是低俗的草本所不具备的清峻神韵。天气寒冷溪边井里的水已经干涸，月亮升上高空把粗陋的山瓢照明。什么地方的异乡游子，没有思念亲人歌吟茱萸的心情？

清·胡远《花果树石图·菊花》

此图下部置一花盆，盆中长着茂密的兰草，旁边放着一枝灵芝。菊花从左上部垂下，黄花绿叶对比鲜明。画上题记曰：“此延龄佳品也，当遇修真养性之人赠之。”

野菊吟寄子长再次前韵 [明]陈宪章

野菊生何处？寻香杖偶扶。
孤标犹讶绝①，佳色旧知无？
老弄真成独②，秋来不作疏③。
金樽谁九日？引满对茱萸。

【难点疏通】

①孤标：指山树等突出的顶端。讶绝：惊讶而奇绝。 ②老弄：总是把玩。真成独：成了独特的爱好。 ③作疏：发生疏远。

【诗义解说】

野菊花生长在什么地方？沿着香气拄着拐杖前去寻觅。突出的花朵让人感到惊讶和惊艳，这种美好的颜色以前是否知悉？长时间的把玩真成了独特的享受，秋天到来也不能与它们分离。在重阳佳节与谁来共饮美酒？斟上满满一杯只能默默地面对茱萸。

清·邵曾诏《晚香图》

邵曾诏，生卒年不详，字衷纶，江苏无锡人。善画，与兄曾训善书，时称“双绝”，画花鸟秀丽。图绘几株紫菊，分成两组，左边一组居图的中央，直立劲挺，右边一组略小而倾斜。菊叶肥大而浓绿，上面的筋脉历历可见。另有一株用淡墨绘出的嫩菊匍匐在画的下部，正在继续生长，大有前赴后继之势。

吴明府送菊次韵答之 [明]陈宪章

黄菊有名花，渊明无酒官①。
酒多人自醉，花好月同看。
老未厌人世，天教共岁寒②。
未应携不去③，高步蓬莱山④。

【难点疏通】

①酒官：执掌造酒及有关政令的官员。 ②天教：上天让。 ③未应：不应当。 ④蓬莱山：相传为神仙所居的海中神山。

【诗义解说】

黄菊是非常有名的花朵，可陶渊明却没有为他管理酒的官员。酒喝多了人就会醉倒，花如果开得好月亮也跟人一同观看。年事已高还没有厌倦活在世上，是老天让我跟菊花一同度过这段寒冷的时间。不该不带着这有名的菊花，阔步走上那高高的蓬莱仙山。

清·赵之谦《花卉图·菊》

赵之谦(1829～1884)，字益甫，号冷君、悲盦等。书法自成一家。作花卉木石及杂画，宽博淳厚，水墨交融，为清末写意花卉之开山之人。此册共十二开，此选其一。图上堆满了菊枝菊叶菊花，枝干飘逸，叶子肥硕，花朵艳丽。紫、黄、粉、红交相辉映，生动自然，雅艳厚重，满而不窒，艳而不俗。

周镐送白菊乞诗

[明]陈宪章

陶令黄金绕舍①，君家白玉满园②。
千古清风庐阜③，几丛细雨江门④。

【难点疏通】

①黄金：这里指黄色的菊花。 ②白玉：这里指白色的菊花。 ③庐阜：庐山。 ④江门：江州的城门。江州，今江西九江。

【诗义解说】

陶渊明家的周围长满了黄色的菊花，而你家满园的菊花却是洁白晶莹。千百年来清风吹拂着庐山，又有几束小雨落在了江州城门。

清·任薰《猫蝶图》

任薰(1835～1893)，清末著名画家，字阜长、舜琴。长期在上海以卖画为生。工书善画，用笔劲健，取境布局，不落前人规范，能独创一格。图绘在山坡上卧着一只可爱的白色小猫，它正回头观望着落在柳枝上的蝴蝶。柳枝从顶部垂下，柔韧而婀娜，猫大而长的尾巴几乎与树枝衔接。猫的旁边还点缀着一束菊花。笔墨虽然不多，却表现生动。

九日晚对菊

[明]陈宪章

焉知老子非元亮①，请看黄花满白沙。
剩有香醪供采采②，何须腊屐到家家③。
屡经细雨开花面，独立西风背水涯。
欲把一株种蟾阙④，恐惊天女笑乘槎⑤。

【难点疏通】

①老子：我国春秋时思想家，姓李名耳，字伯阳。道家学派的创始人。 ②香醪：美酒。采采：众多的样子。 ③腊屐：腊月的脚步。屐，鞋，引申为脚步。 ④蟾阙：即月宫。 ⑤乘槎：乘坐竹筏或木筏。相传天河与海通，有人每年八月乘筏至天河。

【诗义解说】

怎么会知道老子不是陶渊明？只要看看白沙滩上长满的黄花你就会懂。剩下的美酒还可以多多地供应，何必要等腊月的脚步走进每一个家庭。多次经过小雨的滋润花朵露出了笑脸，背对水边单独挺立在西风之中。想要把一株种到月亮上去，恐怕要惊动天女嘲笑我这个乘竹筏而来的人。

清·郎世宁《花鸟图册·菊鸟》

郎世宁(1688～1766)，意大利人，原名约瑟·迦斯底里阿纳。康熙五十四年(1715)来到中国，为清代内廷供奉的画家。善写生，工画人物、禽兽、花鸟。图上一株干枯的树枝，叶子几乎全部脱落，所剩无几，而树前的菊花则十分茂盛，充满着勃勃生机。枝上一鸟正在梳理羽毛，下方一鸟正回头观望，身子隐于菊花之后，只露头部。两只小鸟用笔工细，极具写实色彩，菊花描写生动，形象逼真。

菊

[明]沈周[1]

秋满篱根始见花，却从冷淡遇繁华[2]。
西风门径含香在[3]，除却陶家到我家[4]。

【难点疏通】

①沈周(1427～1509)：明代杰出画家。字启南、号石田、白石翁等，江苏苏州人。“明四家”之一，人称江南“吴门画派”的班首，在画史上影响深远。 ②繁华：花开得多而茂盛。 ③门径：当门的小路。 ④除却：除去，不算在内。

【诗义解说】

秋意充满篱笆根下刚刚见到金菊，却从寒冷中遇到了盛开的鲜花。西风吹来当门的小路上香气缭绕，除了陶渊明的家就算是我的家。

清·任熊《花卉扇面·菊》

任熊(1820～1864)，字渭长，号湘浦，别署任公子，浙江萧山人。与任熏、任颐合称“三任”，加任预也称“四任”；又与朱熊、张熊合称“沪上三熊”。善山水、人物、花卉、翎毛、虫鱼、走兽，笔力雄厚，气味静穆。图绘一角山石，墨色浓重，石前一束菊花从右向左伸展，两朵鲜红的花朵十分娇艳，其下还有一朵蓓蕾正欲开放。两朵鲜花用胭脂色描绘，与绿色的叶子、黑色的石头形成鲜明对比。

菊 花

[明]李东阳[1]

寒影萧萧照墨池[2]，西园晚色正相宜。
苍颜黑发西风里[3]，应是陶翁半醉归。

【难点疏通】

①李东阳(1447～1516)：字宾之，号西涯，湖广茶陵(今湖南茶陵)人。历任翰林院庶吉士、翰林院编修、应天府乡试考官、礼部右侍郎、文渊阁大学士等，著名的政治家、文学家、书法家。诗文典雅工丽，其诗影响形成“茶陵诗派”。②寒影：给人以清冷感觉的物影。萧萧：形容凄清寒冷。墨池：洗笔砚的池子。③苍颜：苍老的颜色。

【诗义解说】

凄清寒冷中的菊花映照在墨池之上，西边园圃中的傍晚景色正是美好时候。在西风里有一位颜色苍老黑发飘飘的老者，那应是陶渊明喝得半醉归来晃晃悠悠。

清·钱载《菊石图》

钱载(1708～1793)，浙江嘉兴人，乾隆十七年(1752)进士。工诗，善书画。设色花卉简淡清逸，写长林修竹，有陈淳、徐渭遗意。图绘巨石如柱，周围长满了菊花，菊花枝叶婆娑，花色艳丽，五彩缤纷，石下野草如茵。全图构思奇特，设色典雅。

墨菊二首之一

[明]李东阳

白霜被原隰①，黄菊秋使花。
余馨引遥袂②，采掇初还家。
秀色虽可玩，玩久不复华。
入画清且古，为诗正而葩③。
幽怀托挥写④，庶用传无涯⑤。
持此问真幻⑥，无言空自嗟。

【难点疏通】

①原隰：广平与低湿之地。 ②遥袂：长长的衣袖。 ③正：纠正，修正。 ④幽怀：隐藏在内心的感情。挥写：挥笔书写。指写作或绘画。⑤庶用：或许用来。无涯：无穷尽，无边际。⑥真幻：是真实还是虚幻。

【诗义解说】

白色的霜露布满了天地之间，黄色的菊花到秋天才开始开花。无尽的香气牵引着长长的衣袖，采摘了一些刚刚带回家。美丽的颜色虽然可以把玩，可把玩久了花就将不复存在。画入画中既清新又古朴，为画写一首诗修正你所画的花。我内心的深情寄托在画笔之端，或许可以用来传到天涯。拿着画好的画来问这是真是幻，我无言表述只能空自嗟讶。

清·李因《菊石鸣禽图》

李因(1616～1685)，明末清初女画家，杭州人。善画山水花鸟，亦工芦雁。此图绘山坡之上奇石之旁菊花盛开，小鸟落在酸枣枝上，顾盼鸣叫。用笔苍劲，用粗犷之笔勾出石的轮廓，再用淡墨渲染，淡而有味。

墨菊二首之二　[明]李东阳

画菊不画香，香空讵堪掬[1]。
画菊不画色，色似花已俗。
都无色香在，安用此为菊[2]？
登堂见孤标[3]，入手宜可触。
自非识菊者，但看桃李足。
古色今不知，世人空有目。

【难点疏通】

①讵堪：怎么可以。掬：捧。 ②安用：怎么可以用来。 ③孤标：指山树等突出的顶端。

【诗义解说】

画菊花如果不画香的话，那菊花的香气怎么可以捧掬？画菊花如果不画颜色的话，颜色虽然相似但花已变得俗气。既然颜色和香气都已不复存在，那么为什么还要把它叫做菊？登上厅堂看见了突出的菊花，伸出手去就可以碰触。假如自己不是一个赏识菊花的人，只要看一看桃花和李花就已满足。自古就有的颜色今天的人却不知道，世上的人白白长了一双眼目。

清·余省《菊石图》

余省(1692～1767)，江苏常熟人。善画花鸟、鱼虫，尤擅长画蝴蝶。此图绘山石周围盛开着丛丛菊花，花色丰富多彩，艳丽非凡。上有作者题诗一首：“艳紫娇黄绚彩霞，秋光三径亦堪夸。知君饶有东篱兴，为写陶家隐逸花。”

杨妃菊

[明]李东阳

谁采繁花席上题，偶将名姓托唐妃①。
日烘花萼醺时面，雨换华清沐后衣②。
隔座似邀秦国语③，挥毫未放谪仙归④。
欲从颜色窥生相⑤，已落诗家第二机⑥。

【难点疏通】

①唐妃：即杨贵妃。②华清：即华清池，在陕西临潼骊山脚下。当时唐玄宗常带杨贵妃到这里洗浴。③秦国：即秦国夫人，杨贵妃的八姐，被唐玄宗封为秦国夫人。④谪仙：即诗人李白。此指李白为杨贵妃作《清平调》诗。⑤生相：长相。⑥第二机：第二等机巧。

【诗义解说】

是谁在席上采来鲜花题上名字，偶然将它的名字命名为杨妃。在太阳的照耀下花朵就像喝醉酒时的容貌，雨过之后就像杨妃在华清池浴后换上了一件新衣。隔着座位好像在邀请秦国夫人说话，挥笔写诗没有放李白归去。如果想从颜色上看到花的样子，那已经落到诗人的第二等地位。

清·徐达章《凉秋图》

徐达章(1874～1914)，字成之，宜兴屺亭(今属江苏)人，现代艺术大师徐悲鸿之父。善绘画，工诗文，精篆刻，擅长人物肖像、山水、花卉。图上松树只在右上露出一角，但人们仍能感受到它的顶天立地之势，含不尽之意见于画外。下部一株菊花横向伸展，花朵辗转飘逸，动感十足。上有作者题诗一首：“百花开放逐春阳，我到开时气候凉。只为道人心爱淡，淡花写处乐弥长。”

月下赏菊东邃庵太常先生

[明]李东阳

不随春蝶梦滕王①，又送秋蝉过绿杨。
佳客到时非旧雨②，好花闲处亦重阳。
为园恨少青山地，插帽羞看绿鬓郎③。
长对此花还此客，纵教多病也身康。

【难点疏通】

①滕王：即唐高祖之子李元婴，被封为滕王。他曾在今南昌市赣江边建滕王阁，上元二年(675)九月，王勃往南海省亲，途经这里，写下了著名的《滕王阁序》。 ②旧雨：指老朋友。唐杜甫《秋述》："常时车马之客，旧，雨来；今，雨不来。" ③插帽：此指把菊花插在帽子上。绿鬓郎：指年轻貌美的男子。

【诗义解说】

没有随着春天的蝴蝶梦见滕王，又送秋天的鸣蝉飞过绿杨。到来的佳客都不是过去的老朋友，只要有美丽花朵盛开的地方就是重阳。遗憾的是园子里青山太少，把花插在帽上不好意思去看美貌新郎。长时间面对这里的菊花还有这里的客人，即使是身体多病也会身体安康。

清·黄慎《杂画册·菊》

黄慎(1687～1768)，字恭寿、躬懋、菊壮，号瘿瓢子，别号东海布衣，福建宁化人。工草书，画人物多取神仙故事为题材，笔姿放纵，气象雄伟，间作山水、花鸟。此图构图十分简略，一枝菊花从上部垂垂而下，用笔随意点染花叶，花瓣先用墨笔勾出，再涂颜色。而另外一枝，则只画出大致轮廓。用笔粗犷老辣，淡而有味，耐人把玩。

十月赏菊体斋席上限韵

[明]李东阳

群芳何意到君家？雨过高城少暮沙①。
此夜幽欢还月下，去年孤馆各天涯②。
狂思晚节曾吹帽③，寿拟春期及进瓜④。
不是老来诗骨健，谁能白发对黄花。

【难点疏通】

①高城：高高的城墙。②孤馆：孤寂的馆舍。③吹帽：见许棠《白菊》注②。④进瓜：秦时广陵人邵平，在秦亡后，在长安城东的青门种瓜，味甚美。后以邵平瓜借指退隐。

【诗义解说】

这么多的鲜花因为什么到了你家？一阵雨过高高的城墙少了些傍晚的飞沙。这一夜我们欢会在月光之下，可是去年我在孤寂的馆舍我们各自天涯。纵情的思绪秋晚的气节曾遇上风吹帽落，若是寿在春天就应该及时进献甜瓜。不是年事高了写诗的兴趣更浓，关键是谁能够头发已白还能面对菊花。

清·黄慎《诗画图册·菊》

此图全用水墨描绘，一枝菊花呈“S”形从左侧伸出，虽似柔弱，但柔中寓刚，劲挺有力。两朵菊花，一向上仰视，一迎风不屈，个性鲜明。

次韵李士英刘道亨过园居看菊 [明]吴宽[1]

诗人浑不厌贫家[2]，闲就荒园看菊花。
倾倒腊醅瓶未罄[3]，品题秋色句争嘉[4]。
残英抱节真霜杰，本草言功有日华[5]。
醉后却劳归骑晚[6]，西风乌帽数枝斜[7]。

【难点疏通】

①吴宽(1435～1504)：字原博，号匏庵。武进(今属江苏)人。明成化八年(1472)进士，弘治八年(1495)擢吏部侍郎，官至吏部尚书。工诗文，善书法，富藏书。识广博学，题跋较多。著有《家藏集》七十七卷。 ②浑不：完全都不。 ③腊醅：腊月酿制的酒。罄：干。 ④品题：品味题写诗句。句争嘉：争着写出好的诗句。 ⑤本草：本指古代药书《神农本草经》，这里偏指草。言：语助词。功：指野草生长。日华：日光。 ⑥劳：犯愁。 ⑦乌帽：一种黑色帽子，古代有钱人常戴的一种帽子。

【诗义解说】

诗人完全不讨厌贫穷的人家，闲来无事为看菊花走进了荒园。把酒瓶倒过来里面还有剩下的酒，琢磨这秋天的景色争着写出美好的诗篇。残败的菊花抱在枝头真是霜中的豪杰，草木的生长靠的是太阳的光焰。酒醉以后犯愁的是回去时天色已晚，西风吹拂头上的乌帽几枝菊花摇曳在风间。

清·任伯年《菊花麻雀图》

任伯年(1840～1896)，名颐，字伯年，浙江山阴人。所画题材极为广泛，人物、花鸟、山水、走兽无不精妙。用笔用墨，丰富多变，构图新巧，创造了一种清新流畅的独特风格。此图构思别具一格，树枝和菊枝全部从右侧中部伸出，上部树枝因叶子大部分脱落而显得干枯，下方的菊花叶子浓绿，鲜花盛开，一派勃勃生机。树枝上落着六只麻雀，有的安安静静，有的张嘴鸣叫，生活气息浓郁。

买西园菊至招同社徐兴公商孟和诸人花下小酌因和短歌

[明]陈鸿[1]

几处菊花残，西园余数亩。
买来竹窗下，折简会宾友[2]。
把酒坐花旁[3]，一齐衫袖香。
春天百卉媚[4]，不及此幽芳[5]。
阶下凉风薄暮起[6]，枝枝低拂深杯里。
愿君尽醉宿我家，明日更买西园花。

【难点疏通】

①陈鸿：生卒年不详，福建侯官人，字叔度，号轩伯。家寒微，自幼能诗。有《秋室篇》。 ②折简：折断一半的书柬。形容礼轻。 ③把酒：端着酒杯。 ④媚：指花开得鲜艳。 ⑤幽芳：清香。 ⑥薄暮：傍晚。

【诗义解说】

有几处的菊花已经败残，西边的花园里还剩下几亩。买来一些放在竹窗之下，用这轻轻的礼物约会宾朋好友。端着酒杯坐在花的旁边，人们的衫袖都充满了香气。春天百花开得十分鲜艳，但比不上此种花芬芳无比。傍晚时分刮起了一阵凉风，枝枝菊花都拂在深深的杯里。希望你们醉后都住在我家，明天再到西园买些花供大家品题。

清·任伯年《蟹菊图》

图上绘有两只螃蟹，一正面看着前方，一侧身而卧，壳呈红色，十分突出。菊花枝干用深绿绘出，枝头盛开一朵菊花，花呈白色，花瓣极富动感。红绿相配，对比格外鲜明。

对菊　[明]申时行①

独坐高斋泛羽觞②，且看丛菊媚重阳。
繁英乍吐丹霞色③，冷艳全分白雪香④。
好共清幽矜晚节⑤，偏从摇落殿秋光⑥。
疏花短发能相倚，三径犹怜岁月长。

【难点疏通】

①申时行(1535～1614)：字汝默，号瑶泉，长洲(今苏州)人。嘉靖四十一年(1562)进士，授修撰，历左庶子、掌翰林院事、吏部尚书等，因遭人弹劾，辞官回苏州。卒后加太子太师，谥文定。所著诗文有《赐闲堂集》四十卷。 ②高斋：高雅的书斋。泛：饮。羽觞：古代的一种酒杯，作成鸟雀的样子，左右像鸟的两翼。 ③乍吐：刚刚开出。 ④分：分明。 ⑤矜：注重。 ⑥摇落：凋落。《楚辞·九辩》：“悲哉秋之为气也，萧瑟兮草木摇落而变衰。”殿：居后而突出。

【诗义解说】

独自一人坐在书斋里饮着美酒，可以看到一丛丛菊花在重阳节中开得正旺。浓密的花朵刚刚露出鲜红的颜色，冷峻的艳丽分明是白雪般的芳香。喜欢清幽的环境并保持自己的晚节，偏偏在草木摇落后更显出它的光辉形象。几枝鲜花与短短的头发能够相互倚靠，退隐家乡之后仍喜欢这岁月的悠长。

清·任伯年《花鸟图册·猫菊》

图绘两只小猫，一卧一立。猫身用浓墨描绘，腹部染白，旁侧配有蓝色菊花。猫菊全用写意，粗率而生动。

茅亭看菊

[明]申时行

小结茅斋掩荜门[1]，翛然风物似山村[2]。
一丘高卧身仍健，三径新锄菊尚存。
丽色盈盈开锦障[3]，幽香冉冉注清尊[4]。
谁知摇落风霜候[5]，偏荷栽培雨露恩[6]。

【难点疏通】

①小结：随便搭建。荜门：破旧的门。 ②翛然：超脱的样子。 ③盈盈：仪态美好。锦障：即锦步障，遮蔽风尘或视线的锦制屏幕。南朝宋刘义庆《世说新语•汰侈》：“君夫作紫丝布步障碧绫四十里，石崇作锦步障五十里以敌之。” ④冉冉：缓缓散发。 ⑤候：季节。 ⑥荷：承受。这里有报答的意思。

【诗义解说】

随便搭建一个茅草房关上破旧的房门，这里的风景超凡脱俗就像个小山村。悠闲地卧在小山丘上身体仍然康健，小径刚刚锄过还剩下一些菊丛。美丽的颜色就像开了一道锦绣屏障，浮动的香气注进了美酒之中。谁知道到了草木凋残的季节，偏偏只有菊花在报答人们的栽培与雨露之恩。

清•吴昌硕《杞菊延年图》

吴昌硕(1844～1927)，初名俊，又名俊卿，字昌硕，又署仓石、苍石，号缶庐、苦铁等，浙江安吉人，我国近代金石、书法、绘画大家。擅长写意花卉，所作花卉木石，笔力老辣，力透纸背，纵横恣肆，气势雄强，布局新颖。图绘山石由左下向右上再转向左方，形成一个弧形。山石上生长着丛丛菊花，菊花的颜色作者进行了精心安排，红色在下部，黄色在上部，白色居中，把整个画面打扮得艳丽无比。山石用淡墨擦染，浓墨染出阴面。花朵用笔工细，花叶染以浓墨，相互映衬，风格独具。

菊

[明]申时行

冷艳疏枝擢素秋①，
结茅相对转清幽②。
摘来自喜簪蓬鬓③，
只恐黄花笑白头。

【难点疏通】

①擢：挺立。素秋：指秋天。按古代五行之说，秋属金，其色白，故曰“素秋”。②转：变得。③簪：戴。蓬鬓：蓬乱的头发。

【诗义解说】

几枝冷色艳丽的菊花挺立在寒冷的秋季，面对菊花建的一座茅草房变得更加清幽。高高兴兴摘来几朵戴在蓬乱的鬓上，只怕黄花要嘲笑我白发满头。

清·吴昌硕《花卉图屏·篱菊》

图绘巨石一块，石前疏篱一围，石旁篱下开遍了菊花。菊花有白、有黄、有红，叶子浓绿，花朵鲜艳，大有“采菊东篱下”之意。石用石青，篱用褐色，叶用浓绿，花用细笔勾出轮廓，再填颜色。用笔精细，设色艳丽。

菊畦

[明]申时行

诛茅疏野径①，种菊拟山家②。
秀擢三秋干③，奇分五色葩。
凌霜留晚节④，殿岁夺春华⑤。
为道餐英好⑥，东篱兴独赊⑦。

【难点疏通】

①诛茅：铲除杂草。疏野：旷野。 ②拟：模拟。山家：山里人家。 ③三秋：指秋季，因秋天三个月，故云。也指深秋。 ④凌霜：冒着寒霜。 ⑤殿岁：一年的最后。夺：超过。 ⑥餐英：屈原《离骚》："朝饮木兰之坠露兮，夕餐秋菊之落英。"后世多以"餐英"隐喻高洁。 ⑦赊：高。

【诗义解说】

铲除旷野小路上的茅草，种下菊花模仿山里人家。秀色枝干挺立于寒冷的深秋，让人惊奇的是开出了五色奇葩。冒着寒霜保留着晚时的气节，到一年的末尾超过了春天的鲜花。人们都说以菊花为食是件好事，因此极高的兴致就是流连在东篱之下。

清·吴昌硕《花卉蔬果图卷》

此图是一幅长卷，图上绘有牡丹、玉兰、荔枝、葡萄、白菜等十多种花卉蔬菜，整幅作品色彩鲜艳，用笔苍劲，或浓墨重彩，或简单勾勒，韵律十足。这里选的是菊花一段。

菊

[明]唐文献[1]

西苑宸游地[2]，东篱菊已花。
当年夸野色[3]，此日艳天葩[4]。
轻白凌寒露[5]，深红散晚霞。
秋英疑可茹[6]，无复楚人嗟[7]。

【难点疏通】

①唐文献(？～1604)：字文征，号抑所，南直隶华亭县(治所今上海松江县西)人。万历十四年(1586)举进士第一，历任翰林院修撰、詹事府詹事。卒于官，赠礼部尚书，谥文恪。有《占星堂集》。 ②西苑：在今北京旧皇城西华门西。本为金代离宫，元代在此设皇宫。宸游：皇帝巡游。 ③当年：从前。夸：显示，炫耀。野色：指菊花未被引种的时候。 ④天葩：非同一般的花。 ⑤轻白：洁白。 ⑥茹：食。 ⑦楚人：这里指屈原。嗟：感叹。此二句意谓，如果菊花真的可以吃的话，那就用不着再发出屈原那样的感叹。

【诗义解说】

西苑是皇帝游赏的地方，盛开的菊花就在东边的篱笆之下。从前将美丽的颜色显示在荒野之地，而今它的艳丽超过了一般的花。洁白的颜色冒着寒冷的露水，深深的红色就像散在天上的晚霞。秋天的菊花如果真的可以食用，那就用不着发出屈原的那种嗟讶。

清·吴昌硕《黄菊雁来红图》

图绘一株用鲜红的颜色描绘的雁来红，植株高大，占据了主要画面。黄菊集中在下方，浓墨染出菊叶，再勾出脉理，菊花花瓣先勾后染。整个画面红、黄、黑三种颜色映衬，搭配合理。

送菊涯翁

[明]何孟春[1]

山径曾陪九日游，数枝还为一尊留。
买从远市聊供节[2]，栽向名园合擅秋[3]。
渐老有人怜客瘦[4]，乍寒无计替蜂愁。
多情不用防吹帽[5]，短发犹禁插满头。

【难点疏通】

①何孟春(1474～1536)：字子元，号燕泉。郴州(今属湖南)人。官至工部、吏部侍郎等。工诗文，为“茶陵诗派”柱石，著有《燕泉集》《馀冬叙录》《馀冬诗话》等。②聊供节：姑且来供奉重阳节。 ③合：应该。擅：独特出群。 ④客：此为作者自指。⑤防吹帽：见许棠《白菊》注②。

【诗义解说】

九日那天曾在山间小路陪您出游，有数枝菊花正在盛开是为饮酒而留。为过重阳节特意从遥远的集市买来，栽在名园里正应该开在金秋。渐渐衰老有人可怜我越来越瘦，天气刚冷没有办法为蜜蜂发愁。感情深厚不用担心帽子被风吹落，头发很短无法把菊花插戴满头。

清·吴昌硕《书画合璧图册·菊花》

图的左侧用墨笔染出一角山石，右侧是一束菊花，花叶墨色浓重，叶上脉络清晰可见，墨笔先勾花瓣，再涂颜色。用笔苍劲，墨色淋漓，艳而不俗。

汪司骥席上对菊　[明]熊卓[1]

锦席秋轩流客觞[2]，阶除迟菊恋年芳[3]。
翠条冉冉初经雨[4]，青蕊娟娟欲候霜[5]。
幸为分回供阒寂[6]，空然别去梦寒香[7]。
小车如觅东溪路，古屋疏篱是醉乡。

【难点疏通】

①熊卓(1463～1509)：字士选，丰城(今属江西)人。弘治九年(1496)进士，授平湖知县，升监察御史。正德初年受刘瑾排挤致仕。有《熊士选集》。②锦席：锦缎铺的坐席。轩：居室。流客觞：与客转流举杯。③阶除：台阶。迟菊：晚开的菊花。④冉冉：柔弱的样子。⑤娟娟：长而弯曲。⑥分：缘分。阒(qù)寂：宁静，安静。⑦空然：此指与菊花分别心情有些失落。

【诗义解说】

厅堂内锦缎铺席人们在轮流举杯，台阶旁迟开的菊花留恋着一年的好时光。柔弱的枝条刚刚经受一场风雨，长而弯曲的青蕊正等待着霜降。庆幸的是与菊花有缘免除了寂寞，恋恋不舍地离去梦见寒冷中的花香。坐着小车如果寻找去东溪的道路，古老的房屋稀疏的篱笆就是我醉酒的地方。

清·吴昌硕《菊石图》

此图用淡墨绘出耸立的山石如南天一柱，置为背景。横向绘出一上一下两束菊花，上白下红，两横一竖，变化多端。上有题诗一首：“雨后东篱野色寒，骚人常把落英餐。朱门酒肉熏天臭，醉赏黄花当牡丹。”

赏菊 [明]魏时敏[1]

短篱疏雨正离披[2]，
淡白深红朵朵宜[3]。
自计老年才思减[4]，
重阳过后不题诗[5]。

【难点疏通】

①魏时敏：生卒年不详，莆田(今福建莆田)人。官至无锡桃源丞。多与名流酬唱，兼工山水画。著有《竹溪集》。 ②疏雨：小雨。离披：摇荡，晃动。 ③宜：正好。 ④自计：自己觉得。 ⑤题诗：写诗。

【诗义解说】

一场小雨落在短篱菊花在不停摇动，淡淡的白色深深的红色都很美丽。自己觉得年事渐高才思减退，重阳节过了以后就不再赋写新诗。

清·吴昌硕《菊石雁来红图》

图绘高矮不同的三通石柱，两枝墨染的菊花高出石柱之上，十分突出。下方绘三株雁来红，用没骨法绘出枝干，红色染出叶子，墨笔勾筋。画面清淡，观之让人赏心悦目。上有题诗一首：“斓斒(bān)秋色雁初飞，浅碧深红映落晖。绝似香山老居士，小蛮扶持着青衣。”

菊　[明]于若瀛[1]

黄花应不插朱门[2]，
自合移根老瓦盆[3]。
露委烟斜看不足[4]，
呼儿长夜倒芳尊。

【难点疏通】

①于若瀛(1552～1610)：字元絅(jiǒng)，一字文若，号子步，晚号念东，济宁卫(今山东省济宁市)人。万历十一年(1583)登进士第，任直隶知县，迁户部主事、右佥都御史，官至陕西巡抚，赠右副都御史。工诗擅书。有《弗告堂集》二十六卷。 ②插：植。朱门：指有钱人家。 ③自合：本该。老：旧。 ④露委：露水坠下。

【诗义解说】

黄花本不应该种植在贵族人家，就应该把根移植在旧的瓦盆。露水滴下烟雾笼罩这景色看也看不够，长夜里把儿子叫来倾倒美酒不停痛饮。

清·吴昌硕《重九赏菊图》

图绘一束白菊，枝干纤细但不失刚劲，下方放着一把形状怪异的茶壶，壶旁有一水杯。壶用赭石，杯用淡墨，深色的叶子衬托着白色的菊花，创造了一种和谐宁静的意境，表现出一种文人的情趣。

菊花 [明]于若瀛

冷艳吐金英，
疏香入玉斝①。
偏宜处士居②，
不种朱门下。

【难点疏通】

①疏香：淡淡的香气。玉斝(jiǎ)：玉制酒杯。 ②处士：古代未做官的士人。

【诗义解说】

冰冷的艳丽是正在开放的黄色鲜花，淡淡的香气融进了玉制的酒杯器皿。就是适宜种植在普通百姓人家，不应该被关进豪富那红色的大门。

清·吴昌硕《东篱野色图》

图绘一石柱下围着篱笆，石的上方和下方各有一丛菊花正在盛开，颜色艳丽。篱笆染以黄色，与花的颜色接近，叶子墨浓，翠绿欲滴。色彩搭配合理，清新淡雅。

菊 [明]王谷祥[1]

飒飒金风度[2]，
嫣嫣秋色妍[3]。
白衣还自至[4]，
青女更相怜[5]。

【难点疏通】

①王谷祥：见第14页图说。②金风：秋风。度：吹过。③嫣嫣：美好的样子。④白衣：据南朝宋檀道鸾《续晋阳秋·恭帝》："王弘为江州刺史。陶潜九月九日无酒，于宅边东篱下菊丛中摘盈把，坐其侧。未几，望见一白衣人至，乃刺史王弘送酒也。即便就酌而后归。"后以"白衣"多用作重阳节饮酒赏菊的典故。⑤青女：传说中掌管春天的女神。

【诗义解说】

凛冽的秋风不断地吹拂，娇美的菊花开得正艳。身穿白衣的人自然会来到，青女也会更加爱怜。

清·吴昌硕《秋菊图》

图绘一拳石居中，用淡墨擦染，上下盛开着鲜艳的菊花，浓绿的叶子衬托着硕大的花朵，红黄两色各呈姿态。上有题记曰："陶令篱边，华大如斗。杯泛金英，延年益寿。"

菊 [明]张本[1]

花上清光花下阴，
素娥惜此万黄金[2]。
一杯寒露三更后，
谁信幽人更苦心[3]。

【难点疏通】

①张本：字致中。山东东阿人。明洪武年间以国子监生授江都知县。历官扬州知府、江西布政司右参政、工部左侍郎、刑部右侍郎等。在任上不畏权贵，敢于打击豪右奸臣。由于政绩出色、清正廉洁，深受明成祖和太子的赞赏。 ②素娥：嫦娥的别名。 ③幽人：隐士。

【诗义解说】

花上散发着清新的光泽花下一片阴影，嫦娥她也爱惜这艳丽的万朵黄金。寒露中饮上一杯美酒已经是三更以后，谁能相信隐居之人的这片苦心。

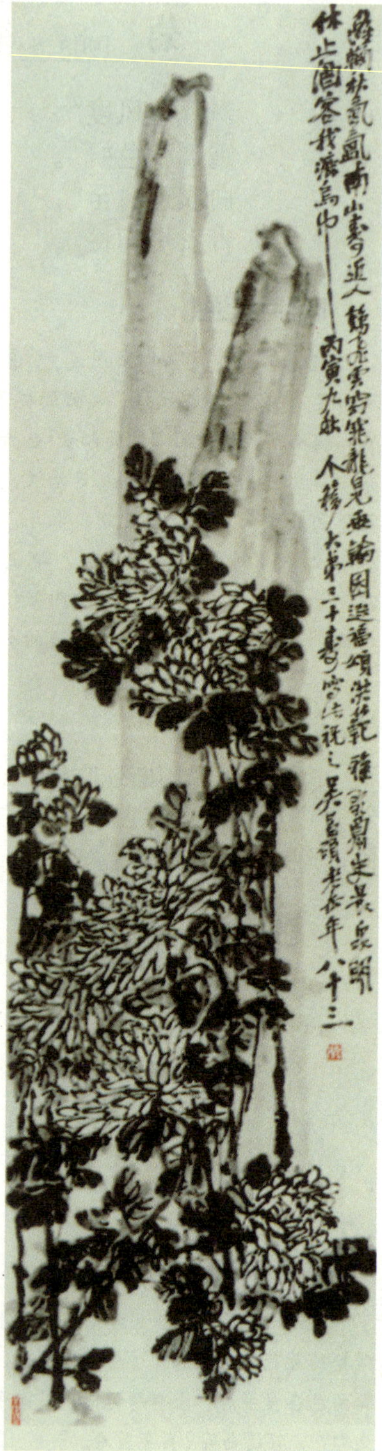

清·吴昌硕《高秋图》

此图全用墨色晕染，淡雅而清新。枝干墨色浓重，叶子深绿，衬托出洁白美丽的花朵。花瓣用双勾，留白以为瓣。背景是两通山石，高耸挺拔，墨色清淡，以为菊花的陪衬。

菊　[明]靳贵[①]

盈盈宫额半涂黄[②]，
不减花前旧样妆。
笑杀阿娇金屋贮[③]，
香衾寒怯夜来霜[④]。

【难点疏通】

①靳贵(1464～1520)：字充遂，号戒庵，丹徒人。弘治三年(1490)进士，授编修，官至武英殿大学士。卒谥文僖。所作诗文，大半为应酬之作。有《戒庵文集》二十卷。 ②盈盈：仪态美好的样子。宫额：古代宫中妇女以黄色涂额作为妆饰，因称宫女的前额为宫额。此指黄色菊花如涂成黄色前额的宫女。 ③阿娇金屋贮：据《汉武故事》：“胶东王(汉武帝未当皇帝前)数岁，公主抱置膝上问曰：‘儿欲得妇否？’长主指左右御百余人，皆云不用，指其女：‘阿娇好否？’笑对曰：‘好，若得阿娇作妇，当作金屋贮之。’”④衾：被褥。

【诗义解说】

就像宫女的额头一半已经涂黄，花开的颜色还是跟往常一样。最可笑阿娇还要放在金屋里贮藏，菊花染香的被子仍然害怕夜来的寒霜。

清·吴昌硕《篱菊图》

图绘一块怪石，个性独具。用极淡的墨色绘出篱笆，从右侧中间伸出两枝菊花，一向上伸，一向下拖，呈“八”字展开。下拖者红艳，上扬者洁白，颜色搭配精致，令人过目不忘。

菊

[明]靳贵

越娘初试素罗裳①，爱向秋风学靓妆②。
一夜不胜环佩冷③，晚香亭馆有新霜。

【难点疏通】

①越娘：指越地女子。因其地多出美女，故用以比拟菊花。素罗裳：白色绫罗衣裳。 ②靓妆：浓妆。 ③不胜：承受不了。环佩：古人身上佩戴的饰玉。

【诗义解说】

越地美女刚刚试过白色的罗裳，喜欢面对秋风学着画上浓妆。一到夜晚就承受不了佩玉的寒冷，因为晚香亭边下了一场新霜。

清·吴昌硕《秋艳图》

图的中间耸立着两块巨石，石前生长着三株雁来红，石后两株菊花笔直而立，花大而艳。另有一枝雁来红隐于石后，又从上部挺出，与菊花交织在一起。淡墨染出石柱，重彩绘菊花与雁来红，收到了理想的视觉效果。

菊

[明]马德澄[1]

秋深菊圃吹寒风，报道阿家花早丛[2]。
莺羽半遮西子白，鹤翎斜映太真红[3]。
参差万朵霜天晓，稠叠千枝烟雨空。
肯与山樵分秀色[4]，移栽不远过墙东。

【难点疏通】

①马德澄：生卒年不详。字若水，自号雪林山樵，浙江平湖人。童年膂力绝人，善骑射，通篆刻、书、画诸艺，尤善山水。诗多与人唱和之作。有《摩尼集》。 ②阿家(••)：丈夫的母家。花早丛：很早就一丛丛地盛开。 ③此两句中的“莺羽”、“西子”、“鹤翎”和“太真”，均为菊花品种名。 ④山樵：山里打柴人。

【诗义解说】

深秋季节从菊园里刮来一阵寒风，报告着阿家园里的花已开得很盛。莺羽半遮着西子白色的面庞，鹤翎映衬着太真的鲜红。在这晚秋季节万朵菊花高低错落，千枝菊花层层叠叠一片烟雨空濛。肯与山里打柴人分来一部分秀色，从不远的墙东移来栽在园中。

清·吴昌硕《秋菊顽石图》

图上用彩笔绘出两块石头，围以篱笆，篱笆用枯笔疾行，时见飞白。菊花依篱笆而生，深绿的叶子上可见条条筋脉，花朵先事勾勒，再填颜色，迎风斗雪，坚贞不屈。上有题诗曰：“赏华螃蟹满堆盘，眼见秋英不解餐。每笑老夫甘寂寞，一枝写出自家看。”

菊

[明]吴执御①

水浸长天摇砌明②，亭亭珠玉绽秋英③。
晚香冷秀经霜后，淡意疏容与景迎④。
篱下留连非藉酒⑤，雨中寻觅最多情。
飞尘不到莎厅下⑥，爱尔幽香浸骨清⑦。

【难点疏通】

①吴执御(1590～1638)：字朗公，浙江黄岩西桥人。明天启二年(1622)进士，任济南府推官。洁躬执法，人称“吴靖街”，皇帝亲书“清介第一”赐给他。后升刑科给事中。著有《刑垣疏稿》四十二篇及《江庐独讲》一卷。②水浸长天：水中倒映着天光云影。砌：台阶。③珠玉：指玉一样的白色花瓣。④疏容：稀疏的花瓣。景迎：跟周围的景色相吻合。⑤藉：因为。⑥莎厅：长着莎草的庭院。⑦浸骨：透骨。

【诗义解说】

水中倒映着天光云影台阶边一片光明，秋天里盛开着一片珠玉般洁白的鲜花。秋晚的香气冷峻的秀色都是下霜以后，清淡的意境疏朗的花朵与周围景色融洽。留连在篱笆之下不是因为美酒，在雨中寻觅那是因为情深意佳。灰尘飞不到长满莎草的庭院，我喜欢你幽幽的香气浸心透骨的清华。

清·吴昌硕《篱畔摘得图》

图绘一筐，筐里装满了菊花，由于花多筐小，所以外面还散落一些。菊花五颜六色，叶子浓绿，鲜嫩欲滴，正可下酒。旁置一碗，碗中栽着一丛兰草。构思别致，描绘精细，艳而不俗。

菊花

[明]王泰际①

分得陶家带傲枝②，朝来篱畔露纷披③。
学随年少簪衰鬓④，与进霜天酒一卮。
冒雨共寻偏事逸⑤，禁寒佳种独开迟⑥。
餐英自昔骚人赋⑦，何必黄州满径吹⑧。

【难点疏通】

①王泰际(1599～1675)：字内三，自号研存老人，上海嘉定人。崇祯十六年(1643)进士。明亡后不仕，常集诗友举办诗会。著有《寿砚堂全集》《历代诗类抄》《四书广古注》《周易翼注》《王氏世谱》《冰抱老人集》等书。②傲枝：傲霜雪的枝条。③纷披：散乱。④衰鬓：苍老的鬓发。⑤偏事逸：偏偏对这种事情有兴致。⑥禁寒：受到寒冷的限制。⑦“餐英”句：化用屈原《离骚》中的诗句“餐秋菊之落英”。骚人，指屈原。⑧黄州满径吹：据冯梦龙《警世通言·王安石三难苏学士》，一天苏东坡去王安石书房，王不在，见其未完诗句“昨夜秋风过园林，吹落黄花满地金”，苏认为错了，因为菊花不落，抱枝头而死，因续道：“秋花不比春花落，说与诗人仔细吟。”写后离去。王安石看后，将其贬去黄州。第二年赏菊，苏发现满地菊花花瓣，才知道只有黄州菊花落瓣，赶去京城认错。

【诗义解说】

分得陶渊明家傲霜雪的枝条，早晨来到篱边看到散落一片露水。便学着少年人把花朵插在衰老的头上，同这寒霜满天的季节一起饮上一杯美酒。冒着雨一同来寻菊兴致很高，被寒冷所禁佳种开得很迟。从前就有诗人吟咏餐秋菊之落英，何必一定要黄州那种落花遍地飞。

清·吴昌硕《秋菊竞艳图》

图上拥满了花朵，从右上向左下拖去，像一条花的瀑布。花有红有黄有粉，或仰或俯，或敧或侧，各呈姿态。还有欲开未开之花朵，表现了层进关系。

诔菊

[明]陆氏[1]

澹云微雨暮秋天[2]，
为爱黄花带晚烟。
闻说名园千百种[3]，
愿分秋色到篱边。

【难点疏通】

①陆氏：生平事迹不详。②澹云：薄云。暮秋：晚秋。③闻说：听说。

【诗义解说】

薄云天气下了一阵小雨已经是晚秋季节，因为喜爱黄花晚上带着一层云烟。听说名园里有千种百种，希望能分得一份秋色到我的篱边。

清·吴昌硕《秋菊立石图》

图绘两块立石，前石用笔浓重，焦墨疾行，时见飞白，后石墨淡，只勾出轮廓。菊花分成三组，一组从两石中间伸出，一组从右侧伸出，一组从石后伸出，生长方向一致，颜色有黄、粉、白等，一派勃勃生机。

白菊 [清]屈大均[1]

冬深方吐蕊，不欲向高秋[2]。
摇落当青岁[3]，芬芳及白头。
雪将佳色映，冰使落英留。
寒绝无人见[4]，梅花共一丘。

【难点疏通】

①屈大均(1630～1696)：字翁山、介子，号莱圃。广东番禺(今广州番禺区)人。明末清初著名学者、诗人，“岭南三大家”之一，有“广东徐霞客”的美称。诗集有《道援堂集》《翁山诗外》，词集有《骚屑》等。 ②高秋：天高气爽的秋天。 ③摇落：凋谢，零落。青岁：青春。此句暗喻自己年轻时为抗清复明做出了贡献。 ④寒绝：极端寒冷。

【诗义解说】

到了冬天才吐出艳丽的花蕊，并不想开在那天高气爽的金秋。正当生长茂盛的季节却已经开始凋落，等到开花时节已经是白发满头。皑皑白雪映衬着美好的花色，寒冰使要落的花朵停留在枝头。由于过于寒冷没有人能够看见，却与梅花生长在同一座山丘。

清·吴昌硕《东篱菊香图》

图绘坡石起伏，两石间斜向植一道篱笆，上方两杆枯树干，显示秋已深。依篱而生几枝菊花，随着篱笆向下倾斜，石下亦有菊花盛开。菊叶用浓笔点染，坡石用干笔皴擦，一种秋风萧瑟的味道迎面而来。

和王山史寄来燕中对菊诗[1]

[清]顾炎武[2]

雪满河桥归辔迟[3]，十行书札寄相思。
楚臣终是餐英客[4]，愁见燕台落叶时[5]。

【难点疏通】

①王山史：即王弘撰(1622～1702)，字无异，号山史，陕西华阴人，明清之际著名学者，关中文人领袖。学识博雅，游历四方，交游遍天下。嗜金石，工书法，藏金石书画甚富。燕中：指今河北易县，战国时曾为燕国都城。 ②顾炎武(1613～1682)：原名绛，字忠清，明亡后改名炎武，字宁人，亦自署蒋山佣，世尊为亭林先生。江苏昆山人。明末清初著名的思想家、史学家、语言学家、文学家。著有《日知录》《音学五书》等，是清代古韵学的开山鼻祖。 ③辔：驾驭马的缰绳。也代指车。 ④楚臣：指战国时爱国诗人屈原。这里代指王山史。 ⑤燕台：即黄金台，战国时燕昭王为招揽贤才所建，故址在今河北易县东南。

【诗义解说】

大雪落满河上桥梁驱车回来已经很迟，写了一封书信寄托着深切的相思之情。楚臣屈原毕竟是以菊花为食的人，让人犯愁的是黄金台那里已经是落叶纷纷。

清·吴昌硕《三不朽图》

图上有题记曰：“老松长寿，黄华耐久，石头通禅，三不朽。”石用淡墨，置为背景。松枝从右侧横伸，枯笔绘干，焦墨绘松针，如钢针历历。上部是盛开的菊花，叶肥而花大，艳丽无比。

潘君重九前四日载酒同冠五过我适邻客遣童子送菊[1]

[清]周亮工[2]

童子送花寒意满，故人载酒旅情深[3]。
连墙白露无端色[4]，客岁黄河望见心[5]。
病榻一枝真得伴，胆瓶几叶亦为林[6]。
萧条自爱秋风好，可奈重阳易作阴。

【难点疏通】

①载酒：带着酒。过：拜访。适：正赶上。 ②周亮工(1612～1672)：清初文学家。字元亮，号栎园，又号减斋，河南祥符(今开封)人。崇祯十三年(1650)进士，任潍县知县。入清，官至户部右侍郎，曾被劾下狱，后遇赦得释。诗文均佳。传世有《赖古堂集》二十四卷、《因树屋书影》《赖古堂名贤尺牍新钞》等。 ③旅情：旅行在外的人的心情。 ④无端色：没有好看的颜色。 ⑤客岁：去年。望见心：看见了老朋友的心意。指朋友之间相互牵挂。 ⑥胆瓶：肚大口小的花瓶。

【诗义解说】

童子送来鲜花也带来了满院寒意，老朋友带酒而来是旅行在外之人的一片深情。一带墙上落着白露看不见好的颜色，去年在黄河边上就已看到老朋友那一片真心。病榻前放一枝菊花真是好伙伴，胆瓶里的几片叶子权且看作花林。虽然萧条冷落但我自觉秋风还好，怎奈到重阳佳节常常是满天乌云。

清·吴昌硕《菊花图》

图绘两枝菊花从左向右斜伸，枝干用淡墨绘出，浓墨点叶。枝头几朵鲜花，金黄灿灿，迎风傲霜，透露出一种不屈不挠的精神。

菊

[清]周亮工

悠然篱落下[①]，佳种远分僧。
色入寒林澹[②]，情看冷署矜[③]。
微霜凌晚砌[④]，疏雨艳秋灯。
颇忆家园好，羁人见未曾[⑤]。

【难点疏通】

①悠然：悠闲自得的样子。 ②澹：浅。 ③冷署：冷落清闲的官署。矜：谨守。④凌：此指落在。 ⑤羁人：旅居在外的人。

【诗义解说】

悠闲自得地徘徊在篱笆之下，这里的好品种得自于远方的僧人。在寒冷的林间菊花的颜色有些清淡，深情地看着它们生长在冷落的官署中。夜晚一阵微霜落在台阶上，秋天的小雨里闪耀着灯火的光明。十分想念家园的美好，不知旅居在外的人是否能见到这种情景。

清·吴昌硕《菊石图》

画面采用“之”形构图，营造出画面的动势。画的底部为含苞怒放的菊花，红色的菊花映衬在墨色的叶中，显示出蓬勃的生命力。红色的菊花更把我们的视线引向画面中部的奇石，石后黄色的菊花既和石下的菊花相呼应，又和石上的落花相顾盼，落花的枯枝与菊花刚劲的枝条形成对比，勃勃的生命力和生命的沧桑感融合交织在一起，便产生了一种蓬勃向上的态势，催人奋发，催人上进。

重阳前一夕同冠五灯下对菊三首之三

[清]周亮工

秋事殊方好[1]，严霜亦作华[2]。
难称身是客[3]，但梦路无涯[4]。
黄菊杯中影，青门乱后家[5]。
更生他日约，与尔艺寒葩。

【难点疏通】

①殊方：远方。 ②严霜：寒霜。 ③难称：难以满足。 ④路无涯：路途遥远。 ⑤青门：古代长安城的东门。秦亡后，东陵侯召平安居于此，种瓜为生，瓜美，人称“东陵瓜”。此指作者在乡间所安的家。

【诗义解说】

秋天的事情在远方样样都好，寒霜季节仍然有盛开的菊花。但这难以满足客居他乡的要求，只是梦回故乡的路仍茫无际涯。黄菊的影子映进酒杯之中，这是战乱之后在青门外安的家。再订下他日相约的日子，和你一起栽种寒冷中的奇葩。

清·吴昌硕《菊石图》

图的中部是两通巨石，高峻挺拔，石下盛开着鲜红的菊花，在绿叶的衬托下十分醒目。上部亦有一丛黄菊高出石上，花大而叶肥，与下方的红菊遥相呼应。上有题诗曰：“年年头白东篱叟，种得菊华大如斗。酹以玉瓶霜桑落酒。”

九月十五夜瓶菊将残灯下

[清]周亮工

重阳几日事，瓶菊已将残[①]。
月是邻家好，心难此夜宽。
低檐垂细雨[②]，老病畏新寒。
瘦尽连宵影[③]，棱棱犹耐看[④]。

【难点疏通】

①瓶菊：插在花瓶里的菊花。 ②垂：滴。 ③连宵：整夜。 ④棱棱：寒冷的样子。 耐看：好看。

【诗义解说】

重阳节刚刚过了几日，瓶中的菊花就快要凋残。月亮还是邻居家的好，我的心在这个夜晚很难放宽。低低的房檐上滴着雨水，老毛病怕的是新到的严寒。整个晚上都能看见瘦瘦的菊花身影，在这寒冷季节仍然十分好看。

清·吴昌硕《黄花立石图》

图的右侧一束菊花高高耸立，其中杂有一根枯枝，显示出菊花不惧严寒的精神。山石在这束菊花的映衬之下显得小了。石下又有一丛菊花，斜向生长，与立石和挺立的菊花形成对比。构思别致，意境悠远。

墨菊

[清]项圣谟[1]

秋光何洁尚迟霜[2]，新酒煨成百草香[3]。
意在临池犹未饮[4]，黄花先我醉重阳[5]。

【难点疏通】

①项圣谟：见第30页图说。②何洁：多么清洁。迟霜：霜下得很晚。③煨：用微火慢慢地煮。④意在：心情都在。⑤“黄花”句：意谓菊花在节前就为庆祝重阳而盛开。

【诗义解说】

秋天的光景多么清洁寒霜迟迟没有下来，新煮热的美酒散发出百草的清香。心情全在身边的水池酒还未饮，可是黄花先我一步就已经盛开庆祝重阳。

清·吴昌硕《杞菊延年图》

图用淡墨染出两块山石，石前一丛菊花正迎寒怒放。石的上方有几根枯枝，叶子所剩无几，一枝菊花从枯枝中挺出，昂首向上，威风凛凛。石下黄菊，花多而艳丽，石上红菊只有两朵，花小而红艳，足见作者独特的构思技巧。

对菊

[清]张光启[1]

种菊丛丛傍石根[2]，凌晨坐卧近黄昏。
沽来新酿经秋醉[3]，开尽黄花未出门[4]。

【难点疏通】

①张光启：生卒年不详，字元明，山东章丘人。明诸生。有《张仲子诗》。 ②石根：大石的下面。 ③沽：买。经：经常。 ④“开尽”句：因喜爱菊花，花已败落也看不够，所以不出家门。

【诗义解说】

在山石下面种了一丛丛菊花，凌晨起来时坐时卧一直到黄昏。买来新酿的酒一到秋天就经常喝醉，黄花已经开尽也没有走出家门。

近代·陈师曾《鸡菊图》

陈师曾(1876～1923)，又名衡恪，号朽道人、槐堂，湖南凤凰人。善诗文、书法，尤长于绘画、篆刻，山水、花鸟、人物、世情无所不能。著有《中国绘画史》《中国文人画之研究》《染苍室印存》等。图绘坡石上站着一只公鸡欲啄食草叶，一枝浓墨绘出的枯枝，点出了季节。上方是盛开的菊花，花瓣瘦硬刚劲，铁骨铮铮。公鸡形象生动，描写细腻。坡石用粗笔勾出轮廓，豪情奔放。

和觉老菊花韵 [清]王永命①

不寄篱边不系阑②，
远移香气雨花寒。
秋深此日题知己，
淡淡烟姿醉里看③。

【难点疏通】

①王永命：生卒年不详，字九如，号劬庵。山西临汾人。顺治戊子举人，官迁安知县，升行人。以兴学校，劝农为务。有《有怀堂笔》《松韵堂笔》《边工漫记》等。②阑：围栏。③烟姿：美丽的姿色。

【诗义解说】

不寄托在篱笆边也不生长在围栏里，而是把香气远移他处雨落花上一片清寒。到了深秋这一天写首诗给知己朋友，淡淡的美景在醉里观看。

近代·陈师曾《菊石图》

图绘悬崖耸立，壁立千仞，石壁从上到下，长满了菊花，菊花横向伸展，打破了悬崖的板直。山石用笔粗犷，菊花中锋直写，笔断意连，气韵生动。

题菊

[清]查士标[1]

草堂临水映疏梅，菊有余香傲酒卮[2]。
静对黄庭清兴永[3]，阳林日上最高枝。

【难点疏通】

①查士标(1655～1698)：清代画家、书法家和诗人。字二瞻，号梅壑散人、懒老。新安(今安徽歙县)人。明末诸生。绘画在当时颇负盛名，为“海阳四家”之一。著有《种书堂遗稿》等。 ②傲酒卮(zhī)：轻视酒杯。意谓菊的香气盖过了酒的香气。卮，酒杯。 ③黄庭：即《黄庭经》，道教的经典著作。清兴：清雅的兴致。永：长。

【诗义解说】

草堂靠近水边倒映着疏疏的梅枝，菊花剩下的余香超过了美酒的香气。安静地面对《黄庭经》清雅的兴致绵长，太阳升起阳光照射在最高的树枝。

近代·王震《菊石同寿图》

王震(1867～1938)，浙江吴兴(今湖州)人，字一亭，别号白龙山人。能书善画，先后参加上海艺术、慈善、佛教等各种团体。有《白龙山人画集》《王一亭选集》和《王一亭题画诗选集》等。图上所绘山石分上下两处，上石斜伸，下石直立。石的周围盛开着鲜艳的菊花，上黄下红，黄菊用细笔勾出，红菊用胭脂点染。设色艳丽，气韵超凡。

孙八期过人家不果

[清]吴嘉纪[1]

溪上谁家菊，开扉任客看[2]。
杖藜方有兴[3]，风雨忽无端[4]。
昨夜灯光里，茅亭水气寒。
徒怜泊舟处，花影出阑干[5]。

【难点疏通】

①吴嘉纪(1618～1684)：字宾贤，号野人，江苏泰州人。少逢明清易代，绝意功名，终身未仕。独好为诗，以诗会友，不事雕琢，不假典实，出语真朴，自成一家。有《陋轩集》。 ②扉：门。 ③藜：一年生草本，嫩叶可食，老茎可做手杖，质轻而坚实。 ④无端：没有缘由。 ⑤阑干：栏杆。

【诗义解说】

小溪边上那是谁家的菊花，打开大门任由人们参观。我正怀着极大兴趣拄着拐杖前往，忽然间一阵风雨把兴致搅乱。在昨天晚上微弱的灯光里，水边的茅草亭边寒冷的水汽弥漫。让人感到可怜的是在那泊舟的地方，只能透过栏杆看到花影点点。

近代·王震《秋色佳肴图》

图的前面两只螃蟹红鲜可爱，筐里装满了大白菜，花瓶里插着黄白两色菊花，还有茶壶、酒壶和茶碗，色彩丰富，构思别致。上有题诗一首：“对酒持螯兴郁陶，菜根滋味莫轻抛。可怜黄菊经霜后，绝似吟诗坐孟郊。”

归后赠菊

[清]吴嘉纪

荒芜篱落菊还开[1]，知是应门稚子栽[2]。
勿叹频年多寂寞[3]，花时又见主人回[4]。

【难点疏通】

①篱落：篱笆。②应门：守门人。③频年：多年。④花时：开花时节。

【诗义解说】

篱笆边已经十分荒芜但菊花仍在盛开，知道那是把门的童子亲手所栽。不要感叹多年来一直都很寂寞，开花时节又见主人归来。

近代·秦宝瓒《秋艳图》

秦宝瓒(1856～1928)，字臣，一字农，号瞶叟、懒云，江苏无锡人。自幼好学，善诗文，工书画，秦篆汉隶、行草楷书俱精。著有《吉金韵录》《晚红轩诗稿》《勘觚斋金石文考》等行世。图中间的山石堆垒而成，左侧一角山石与之呼应。山石上下左右布满了各色菊花，花朵用笔工细，花叶用汁绿点染，艳而不俗。山石用干墨皴擦，质感极强。

咏醉杨妃菊二首之一[①]

[清]顾横波[②]

一枝篱下晚含香，不肯随时作淡妆。
自是太真酣宴罢[③]，半偏云髻学轻狂[④]。

【难点疏通】

①醉杨妃菊：一名“杨妃醉舞”，菊花的一个品种。据清富察敦崇《燕京岁时记·九花山子》：“盖京师之菊种极繁，有陈秧、新秧……绿柳黄鹂、杨妃醉舞。” ②顾横波(1619～1664)，本名顾媚，字眉生，号横波，又号智珠、善才君，亦号梅生，人称“横波夫人”。婚后改名徐善持。上元(今南京)人，“秦淮八艳”之一。 ③太真：杨贵妃的号。酣宴：纵情饮宴。 ④云髻：高耸的发髻。

【诗义解说】

篱笆下一枝菊花开到岁末仍散发着清香，不肯随着时俗作淡淡的新妆。那本来就是太真纵情饮宴之后，云髻半偏向一边学着轻狂模样。

清·彩版《芥子园画传·菊谱》

此图构图别具特色，画面集中在右侧，无论花枝还是巨石，都是从右向左伸出。菊花浓绿的叶子从石的背后伸出，另有一枝隐现于石下。枝头一朵菊花十分硕大，另有一朵藏于石后，犹抱琵琶半遮面。石的纹理呈圆圈形，别具特色。菊的背后还有两束枯枝，交待了季节。图上有诗句云：“香飘风处物，影到月中疑。”

墨菊

[清]恽寿平[①]

把酒向秋色，醉吟霜华丛[②]。
折来应带露，落花不因风。
晴分瑶圃雪[③]，晓漏青天虹。
赠尔发幽赏[④]，寒香生袖中。

【难点疏通】

①恽寿平：见第70页图说。②霜华：落霜的花。③分：辨别。瑶圃：产玉的园圃，一般指仙境。④赠尔：指写一首诗赠给菊花。幽赏：深深地欣赏。

【诗义解说】

对着秋色端起了酒杯，乘醉吟一首带霜的花丛。折下一枝上面还带着露水，花瓣落下不是因为有风。天晴的时候可看清那是瑶圃的积雪，清晨时天上落下一道彩虹。写一首诗赠给菊花抒发深切的欣赏，一股寒冷的香气生成于袖中。

清·彩版《芥子园画传·菊谱》

此图画面集中在右下部，上部空白，画面几乎平分秋色。枝头两大朵菊花开得艳丽，另有一朵小一点的菊花位于大朵菊花之下，使三朵菊花各具特色。叶子浓绿，衬出花的洁白。菊旁几块巨石，使画面稳定。两枝干枯的荆棘向上高高伸出，对上部的空白起到了一定的调节作用。

九日对菊

[清]爱新觉罗·玄烨[1]

不与繁花竞[2]，寒苞晚更香。
数茎偏挺秀，嘉尔傲风霜[3]。

【难点疏通】

①爱新觉罗·玄烨(1654～1722)：顺治皇帝第三子，顺治病死后继位，为清入关后第二个皇帝，即清圣祖康熙。在位六十一年，是中国历史上在位时间最长的皇帝。享年六十九岁，死后葬于景陵(今河北省遵化县西北清东陵)。 ②繁花：盛开的百花，多指春天开的花。竞：比赛，竞争。 ③嘉尔：赞赏你，欣赏你。尔，指菊花。

【诗义解说】

不与春天开放的百花竞争，寒冷的花朵到秋晚香气更浓。几枝劲挺的菊花特别的漂亮，令人赞叹的是在风霜中更加劲挺。

清·彩版《芥子园画传·菊谱》

左侧山石耸立，如刀劈斧削，右侧两菊枝托起一大一小两朵菊花，叶子用石绿描绘，墨笔勾筋，对比鲜明。又有墨竹点缀，更衬出了叶子的浓绿。画面色彩浓淡相宜，赏心悦目。

墨菊卷

[清]马元驭[1]

淡墨疏疏写晚香[2]，此花开处节重阳。
春风桃李俱前辈[3]，怜尔枝头带晚霜[4]。

【难点疏通】

①马元驭(1669～1722)：字扶羲，别字栖霞，号天虞山人、栖霞散人、日涉园主人等。江苏常熟人。精于花鸟写生，尤工芦雁，笔墨活泼洒脱，气韵超逸。②写：描绘。③“春风”句：意谓春催桃李早已成了从前的事情。④怜：爱。

【诗义解说】

稀疏的几笔淡墨描绘着秋晚的香花，此花开的时候正是佳节重阳。春风吹拂着桃李早已成了从前的事情，喜欢你的枝头总是带着秋晚的寒霜。

清·彩版《芥子园画传·菊谱》

此图视觉焦点是绿色枝头上的三朵菊花，花瓣用笔细腻，纹理清晰，由上往下，深黄浅黄渐变，层次分明。几枝纤细的野草穿插其间，勾勒出了菊花的生存环境。

题红菊绿筠

[清]华喦[1]

篱畔移来露未干[2]，借他修竹倚清寒[3]。
轻罗试染猩猩血[4]，红透千层总耐看。

【难点疏通】

①华喦：见第92页图说。②畔：边。③修竹：高竹。④轻罗：薄而轻的绫罗。这里指菊花的花瓣。猩猩血：因猩猩之血十分鲜红，故常用来代指鲜红色。这里指菊花的颜色。

【诗义解说】

从篱笆边移来菊花露水还没有干，在清寒的时节倚靠在高高的竹子旁边。试着在轻而薄的绫罗上染上鲜红的颜色，红透了千层却十分的耐看。

清·彩版《芥子园画传·菊谱》

此图虽然只有一枝菊花，但十分有气势，长长的枝条向右侧伸出，浓绿的叶子大而鲜艳，枝头上的三朵菊花各具特色，盛开的一朵向下低垂，较小的一朵仰头怒放，中间的骨朵正含苞待放。尤其是盛开的那朵，花中之蕊在叶片的烘托下，历历在目。图上有诗一首："蜂欲采香疑是蜡，茎难承露愧为盘。虚心攒出金千孔，从瓣排成玉一团。"

题画菊　[清]许廷鑅[1]

芳菲过眼已成空[2]，
寂寞篱边见几丛。
颜色只从霜后好，
不知人世有春风[3]。

【难点疏通】

①许廷鑅：生卒年不详。字子逊，号竹素，长洲(今江苏苏州)人。康熙庚子举人，官武平知县。有《竹素园诗存》。②芳菲：指春天时节百花盛开。已成空：都已经开过。③人世：人间，世间。

【诗义解说】

眼见百花已经开过现在早已凋零，寂寞的篱笆边可看见几处菊花丛。颜色经过霜后更加好看，不知道人世间还有习习春风。

现代·吴徕贞《秋菊图轴》

吴徕贞，约生于1872年，即同治十一年，二十世纪四十年代初逝世。字锡堂，山东蓬莱人，花鸟画家，清光绪末年供职于清宫如意馆，任主事。图绘一通湖石，石周围生长着艳丽的菊花，红、黄、紫、白各色兼备。上部绘一枯枝，叶子所剩无几。树上落一只小鸟，正在下视，大概是受到菊花的吸引。用笔细腻，色彩丰富，令人赏心悦目。

歪瓶欹菊图轴

[清]边寿民[1]

歪瓶雅称菊枝斜[2]，
花与真花颇不差[3]。
持去卖钱偿酒债，
那知秋色落谁家[4]。

【难点疏通】

①边寿民：见第97页图说。 ②雅称：正适合。 ③花：此指画上的花。 ④那：通“哪”。

【诗义解说】

歪歪的瓶子正适合斜着插上一枝菊花，画上的花与真花让人难辨真假。画成后拿去卖掉为偿酒债，谁知道这一番秋色会落到谁家。

现代·吴徵贞《墨菊图轴》

图上仅绘一壶、一杯、一枝菊花而已，图面简洁，清新淡雅。壶身用干笔皴擦，菊枝枯笔疾走，再用浓墨一找。菊叶则用浓墨晕染，再勾筋脉，花瓣用淡墨，花蕊用浓墨。浓淡相间，各得其所。

题菊

[清]张文润①

开到菊花花独黄，也经风雨也经霜。
群芳争沐春光里②，尽化残烟映夕阳③。

【难点疏通】

①张文润：生平事迹不详。②争沐：争相淋浴。③残烟：一缕残余的美景。

【诗义解说】

菊花盛开的时候一片金黄，经过了风雨也经过了寒霜。百花争相沐浴在温暖的春光里，夕阳下很快就化一缕残景飘荡。

现代·赵子云《秋香图》

赵子云(1874～1955)，号云壑、泉梅老人，江苏苏州人，吴昌硕弟子。擅长花卉、山水、书法和篆刻，得吴昌硕真传。图绘右侧中部置一块巨石，有菊花从石的上部垂下，有的从后部伸出，有的置于石前，枝干苍劲，叶子浓绿，花朵艳丽。石用干笔皴擦，叶用浓墨晕染，花瓣先勾后染。上有题诗一首：“石畔花纤细，离离拟菊芳。秋来还潋滟，应是怯严霜。”

九月九日画菊蟹

[清]张问陶①

秋梦初回酒一觞②，买花蒸蟹过重阳。
今年不作登高会③，怕有遥山似故乡。

【难点疏通】

①张问陶(1764～1814)：字仲治，号船山，四川遂宁人。乾隆进士，授检讨，官莱州知府。论诗主张抒写性情，反对模拟，诗作为袁枚所赞扬。作品多表现日常生活，情调流于感伤。能书画。著有《船山诗草》。②秋梦初回：意谓秋天刚刚到来。觞：酒杯。③登高：古代过重阳节有登高的习俗。

【诗义解说】

秋天刚刚到来饮上一杯美酒，买来菊花蒸上肥蟹来过佳节重阳。今年不安排登高的活动，怕的是遥远的山峦有的像我的故乡。

现代·赵子云《菊石图》

图上一通山石向左倾斜，石下一带篱笆，在菊花掩映下若隐若现。石后一束白菊上破画面，显得十分高大，篱边菊花红艳欲滴。图上录有吴昌硕的两首诗，其一曰："柴桑有佳种，移植秋涧滨。花开黄金色，莫谓山家贫。今非义熙时，谁带漉酒巾。寒香采盈把，欲赠无幽人。"

秋菊次外韵

[清]恽珠①

主人幽兴学陶潜②，植向东篱露未干。
花事一年从此尽，等闲莫作众芳看③。

【难点疏通】

①恽珠(1771～1883)：字星联，号瑜浦，一作珍浦，晚号蓉湖散人，自称毗陵女史。江苏常州人。女画家。十岁能赋诗，工诗善画，时有诗、书、画“三绝”的美誉。亦擅绣织，技艺精工，有“神针”之说。有作品集《闺秀正始集》《兰闺宝录》《红香馆诗草》等。②幽兴：幽雅的兴致。③等闲：轻易，随便。

【诗义解说】

主人雅兴颇浓学着陶潜喜爱菊花，把菊花种在东篱下露水还没有干。一年的花事此时就到了尽头，不要轻易与普通的花等同相看。

现代·齐白石《哺雏图》

齐白石(1863～1957)，现代杰出画家、书法家、篆刻家。原名齐璜、纯芝，字渭青，号白石、寄萍老人等。湖南湘潭人。十二岁学木工，后做雕花木匠，兼习画。亦习诗文、书法、篆刻。六十岁后定居北京，以卖画、刻印为生。诗文、画论也有独到之处。曾任中国文联主席团委员、美术家协会主席。1953年文化部授予“人民艺术家”称号。图绘一束菊花下有一只公鸡，正在守护着一群鸡雏。墨笔点出鸡雏，毛茸茸十分可爱。公鸡威武雄壮，鸡冠耸起，眼睛明亮，炯炯有神。背后的菊花迎风盛开，花朵鲜艳，叶子浓绿，一派生机。

题菊

[清]潘遵祁①

新霜匀染数枝幽②，次第看花又到秋③。
移得疏灯还命酒④，爱他瘦影到帘钩。

【难点疏通】

①潘遵祁(1808～1892)：字留夫，号顺之，又号西圃。苏州府吴县(今苏州)人。道光二十五年(1845)进士，二十七年(1847)翰林。称病归里，回乡后大部分时间居住在西圃。工画花卉。著有《西圃集》。②匀染：均匀地撒在。③次第：一个挨着一个。④疏灯：灯光线不明。

【诗义解说】

一场新霜均匀地撒在几枝菊花上，挨个把花看过来现在又到了金秋。将光线昏暗的油灯拿来让人添上酒，因为喜爱菊花的瘦影映到了帘钩。

现代·齐白石《九秋图》

画面十分繁杂，有自上垂下的树枝，有自下生长的雁来红，有旁逸斜出的菊花，有花朵下垂的海棠，色彩丰富，五彩缤纷，艳而不俗，繁而不乱。草地上有觅食的蝈蝈，草叶上有落着的蚂蚱，天空中有飞行的蝴蝶，为画面增添了动感。

赏菊

[清]爱新觉罗•载湉[1]

金英烂漫绕朱栏[2]，
佳色清香秀可餐。
不看菊花看稼穑[3]，
我知民事更艰难。

【难点疏通】

①爱新觉罗•载湉(1871～1908)：庙号德宗，年号光绪，为清入关第九帝，在位三十四年，道光帝第七子醇亲王奕譞之子，慈禧太后外甥。同治皇帝病死无嗣，载湉入继为帝，当时年仅四岁，由慈禧太后垂帘听政。病死(一说被慈禧或袁世凯毒死)，终年三十八岁。 ②金英：黄色菊花。朱栏：涂成红色的围栏。 ③稼穑(sè)：耕种和收获。泛指农业劳动。

【诗义解说】

菊花围绕着红色围栏开得十分灿烂，颜色艳丽味道清香可以当做美餐。我不看菊花却要看农民的劳动，我知道人民的事情特别艰难。

现代•齐白石《秋色秋声图》

几株纤细高挺的枝干上盛开着朵朵艳丽的菊花，鲜红、洁白、金黄一应俱全，若不是有几竿疏篱支撑，恐怕挺不起来这硕大的花朵。这就是画家所画的秋色了。下方还有一蟋蟀盒，外边两只蟋蟀正在积蓄力量，准备大斗一场。这就是画家所画的秋声了。

瘦菊为小婢作

[清]陈珮[1]

瘦菊依阶砌[2]，檐深承露难[3]。
莫言根蒂弱[4]，翻足奈秋寒[5]。

【难点疏通】

①陈珮：女，生卒年不详，字怀玉。天长(今属安徽)人。才情清丽。江都诸生江昱之妻。著有《小东轩刻本闺房集》。②阶砌：台阶。③檐深：房檐凹陷进去。④根蒂：植物的根和花果的把儿。⑤翻足：反而能够。奈：通“耐”，禁得起，受得住。

【诗义解说】

瘦弱的菊花依偎在台阶旁边，房檐深深凹陷很难抵挡降落的露水。不要说菊花的秧苗长得柔弱，它足以抵得住秋天的寒气。

现代·齐白石《菊石秋虫图》

一通山石高高耸立，直插云霄。石下一丛菊花正迎风盛开，花叶浓绿，充满生机，花朵艳丽，美不胜收。山石上还落着一只昆虫，正扬起翅膀高声鸣叫，为画面增加了动感，声色俱佳。

题裕容斋瓶中折枝菊花牡丹①

[清]载铨②

冷艳群芳与伍难③，
孤高曾耐暮冬寒④。
可知历尽冰雪后，
才共春花一律看⑤。

【难点疏通】

①折枝：一种画花卉方法。不画全株，只画连枝折下的部分。 ②载铨(1794～1854)，定敏亲王，定端亲王奕绍子。初封二等辅国将军，三次晋封辅国公，授御前大臣、工部尚书、步军统领等。死后追封亲王。有《行有恒堂集》。 ③冷艳：在寒冷中开出艳丽的花。 ④暮冬：冬末。 ⑤一律：一起。此句是说，经历冰雪后，它开的花与春天的花一样鲜艳。

【诗义解说】

其他百花想与冰冷艳丽的花朵为伍很难，孤拔高傲曾经经受过冬天的严寒。要知道只有经历了冰雪之后，才可以与春天的花朵等同观看。

现代·齐白石《菊香蟹肥图》

艳丽的菊花依篱笆而生，分出盛开、半开、欲开等不同层次。汁绿染叶，并用重色勾筋脉。下方绘有三只螃蟹，张牙舞爪，横行霸道，生动活泼。

题画菊 [清]疏长保[1]

昔日东篱百媚娇[2]，
陶公醉酒每相招[3]。
而今写入丹青里[4]，
不许秋风乱动摇。

【难点疏通】

①疏长保：生平事迹不详。 ②百媚娇：指菊花开得美丽。 ③陶公：指东晋诗人陶渊明。每相招：与菊花打招呼。 ④丹青：绘画。

【诗义解说】

从前东篱边的菊花开得十分妖艳，陶渊明喝醉酒后就来到菊花身旁。可是现在把菊花画进图画里，不允许秋风随便吹得花枝摇晃。

现代·齐白石《菊花双蜂图》

图绘几枝菊花倚在竹篱上，有三朵因花大而俯身向下，两朵仰面朝天，鲜艳夺目。花朵先勾后染，花叶焦墨点簇，竹篱奋笔疾书，可见飞白。上方两只蜜蜂正向花朵飞来，似可听到嗡嗡之声，使画面顿生动感。

题自画菊二首之一 [清]恽冰[1]

小楼昨夜又东风，
篱外霜花绽几丛[2]。
闲取丹青为点染[3]，
依阑清兴有谁同[4]。

【难点疏通】

①恽冰：大画家恽寿平之孙女，字清於，号浩如，一号兰陵女史，亦署南兰女子。武进(今江苏常州)人。毛鸿调妻。能诗能画，尤其擅长花鸟画。 ②霜花：带霜的菊花。 ③闲取：闲来无事拿来。点染：绘画。 ④清兴：清雅的兴致。

【诗义解说】

小楼里昨天晚上又刮起了东风，篱笆外带霜的菊花又开了几丛。闲来无事拿过颜料画上几笔，靠着栏杆观赏菊花的雅兴有谁跟我相同？

现代·齐白石《长寿延年图》

此图由下往上，依次绘有篮子里的两个寿桃、插在花瓶里的一束菊花、三个柿子，最上方有两只蜻蜓在飞，秩序井然，各得其所。设色艳丽，动静结合，描写细腻。作者用篆字题曰：“事事(谐音柿)清高，菊酒延年，蟠桃长寿。”

重阳志感　[清]秋瑾[1]

容易东篱菊绽黄[2]，
却教风雨误重阳[3]。
无端身世茫茫感[4]，
独上高楼一举觞。

【难点疏通】

①秋瑾(1875～1907)：字璿卿，号竞雄，自称鉴湖女侠。清山阴人。民主主义革命著名活动家，妇女解放运动先驱。光绪三十年(1904)夏东渡日本留学。先后加入光复会、同盟会。光绪三十三年(1907)被捕，就义于绍兴轩亭口，时年三十三岁。所作诗词豪放悲壮，后人辑为《秋瑾集》。②容易：这里是“好不容易”的意思。绽：开放。③“却教”句：意谓因有风雨影响了人们重阳节登高赏菊。④无端：无由产生。茫茫感：无穷无尽的感慨。

【诗义解说】

好不容易等到东篱下的菊花绽开了金黄，却又被风雨耽误了重阳节赏菊的时光。不知什么原因对自己的身世产生了无穷的感慨，独自一人登上高楼举起酒杯痛饮一场。

现代·齐白石《育雏图》

几株菊花倚在篱笆上，篱下卧一雄一雌两只鸡，富有爱心地看着眼前的一群小鸡雏。公鸡直立的冠子、长长的尾巴威武雄壮，毛茸茸的小鸡稚嫩可爱。公鸡表情张扬，母鸡安详，鸡雏活泼，技巧高超。

菊

[清]秋瑾

铁骨霜姿有傲衷[1]，不逢彭泽志徒雄[2]。
夭桃枉自多含妒[3]，争奈黄花耐晚风[4]。

【难点疏通】

①傲衷：傲岸不群的内在本质。 ②志徒雄：徒有一腔雄心壮志。意谓菊花虽然开得好，但无人欣赏也是徒然。 ③夭桃：桃花开得鲜艳。枉自：徒然，白白地。 ④争奈：怎奈。耐：经受得住。晚风：寒冷的秋风。

【诗义解说】

铁骨铮铮傲霜斗雪自有其傲岸不群的本性，可是遇不到知音陶渊明也徒有一番壮志雄心。艳丽的桃花虽然心存嫉妒也是徒然，怎奈菊花有经受得住严寒的本性。

现代·齐白石《持螯赏菊图》

图上红艳的螃蟹装了一盘，让人极有食欲。瓶中插着一束菊花，盛开的一朵仰面向上，半开的一朵向左倾斜，两朵花蕾拖向下方，虽然一束，却层次分明。蟹盘周围放着酒杯。花瓶、酒壶、酒杯用笔简略，菊花先勾后染，螃蟹用笔洒脱。

野菊

[清]邱逢甲[1]

入眼惊看秋气新，孤芳难掩出丛榛[2]。
英华岂复关培植[3]，烂熳依然见本真[4]。
淡极名心宜在野[5]，生成傲骨不依人。
陶潜死后无知己，沦落天涯为怆神[6]。

【难点疏通】

①邱逢甲(1864～1912)：又名秉渊、仙根，字吉甫，号蛰仙、仲阏，后改号仓海，世称“仓海先生”。祖籍广东镇平(今蕉岭)，生于台湾苗栗县，是近代台湾籍爱国诗人。内渡后的诗作，以怀念故土、收复台湾、统一祖国为其基本主题。著有《岭云海日楼诗钞》。 ②掩：遮蔽，掩盖。榛：一种落叶灌木或小乔木，坚果球形，果仁可食，也可炸油。 ③岂复：难道是。关：与有关。 ④本真：本来面目。 ⑤淡极名心：把名利之心看得极淡。 ⑥怆神：伤心。

【诗义解说】

让人感到吃惊的是进入眼中的都是新秋景色，丛丛榛莽难掩菊花那孤独的芳影。美丽的花朵哪里关乎人们的培植，花儿烂漫仍可见到菊花的本性。把名利看得极淡就应该生长在荒野，自然生成的傲骨并不依赖于人。陶潜死了以后就再也没有知己，沦落到天涯实在让人感到伤心。

现代·齐白石《篱边秋色图》

此图用墨笔勾出竹篱，运笔有力，时见飞白，节处空白，以显其劲挺。菊花墨绿的叶子倚在篱笆上，亭亭玉立，花朵红艳。花叶先勾轮廓，再染颜色，后勾筋脉。画面艳而不俗，密而不窒。

谢芝叟惠菊二首之一

[清]邱逢甲

又费先生解阮囊①，买秋为我展重阳②。
拼他风雪残年迫③，不碍黄花晚节香。

【难点疏通】

①阮囊：晋朝人阮孚总拿一个袋子，有人问他袋子里装的什么，他说只有一枚钱看着袋子，不然袋子空了会感到难堪。后以"阮囊"或"阮囊羞涩"来形容手头拮据，身无钱财。此句是说芝叟拿出仅有的钱来买菊花。 ②买秋：此指买秋天的菊花。展：展现。③拼他：任由他。残年：一年将尽。迫：大。

【诗义解说】

又让先生拿出手中不多的钱，买来秋天的菊花为我装点节日重阳。任由它到了岁尾风雪来得猛烈，并不妨碍菊花到了秋晚仍散发出阵阵清香。

现代·齐白石《延年益寿图》

据科学研究发现，菊花含有黄酮，具有抗菌、抗炎、抗自由基、抗氧化等作用，因此也能起到延年益寿的作用。齐白石基于此而画了这幅图。图绘篮子里装满了各色菊花，争奇斗艳，朝气蓬勃。花篮用笔粗犷，菊花勾描细腻，设色润泽明快。

题菊花诗卷五首之二

[清]邱逢甲

谁吟金甲战秋风[①]，黄败朱成事不同[②]。
倘有闲情来吊古[③]，合编花史记英雄[④]。

【难点疏通】

①“谁吟”句：指唐末农民起义领袖黄巢的诗句“冲天香阵透长安，满城尽带黄金甲”。②黄败：指黄巢起义失败。朱成：指朱温成功。朱温(852～912)，唐朝宋州砀山(今安徽砀山)人。最初曾参加黄巢起义军，后降唐，被唐僖宗赐名全忠。不久废唐自立，建立后梁，是为梁太祖。后被其次子朱友珪所杀。③倘有：如果有。吊古：凭吊往古之事。④合：应该。

【诗义解说】

是谁在吟诵金甲与秋风搏斗，黄巢失败朱温成功事情各有不同。假如有闲情来凭吊往古之事，就应该编一部花史来记载英雄。

现代·齐白石《篱下秋趣图》

此图所绘是深秋季节，篱笆下的菊花纷纷倒伏下来，有的花朵已经贴在了地面上。根根篱桩都显露出来。菊花虽已开始衰败，但风韵犹存，显示了菊花的坚强意志。而地面上的那两只蟋蟀，正聚拢在一起，看来要有一场恶斗。

菊花诗四律·逢菊

[清]邱逢甲

平生遇合多乖忤[1]，不为看花不出游。
良友偶来三径夕，美人相见一庭秋[2]。
飞鸿故国经年别[3]，下马荒园竟日留。
笑口自开愁眼豁[4]，西风休更送离忧[5]。

【难点疏通】

①遇合：碰到。乖忤：抵触，不顺。②美人：有一定学识和修养的人。③故国：故乡。经年：多年。④豁：消散。⑤休更：不要再。离忧：忧伤。

【诗义解说】

平生遇到的事情许多都很不顺，不是为了看花就不会出游。好朋友傍晚偶尔来到我住的地方，与有学识的人相见在这一院子的金秋。鸿雁飞过我已经离开多年的故乡，下马走进荒园作整日的逗留。自己张开笑口忧愁的眼神已经消散，请西风不要再送来忧愁。

现代·齐白石《延年益寿图》

图的左侧绘几根枯枝，旁边一丛菊花高挺直立，枝头朵朵鲜花低头向下。右侧一丛菊花向下伸展，花朵仰头向上，与上一组花相对，似在进行交流。用枯枝衬出菊花的茂盛，浓绿的叶子托出鲜花朵朵，似有冷香扑鼻。